Oubliée

Eva Erben

Oubliée

Souvenirs d'une jeune fille juive

Traduit de l'allemand
par Anne Karila

l'école des loisirs
11, rue de Sèvres, Paris 6e

Titre original : « Mich hat man vergessen » (Beltz & Gelberg, Weinheim)
Loi n° 49.956 du 16 juillet 1949 sur les publications destinées à la jeunesse : septembre 2001
Dépôt légal : octobre 2018
Imprimé en France par Gibert Clarey Imprimeurs à Chambray-lès-Tours - 37

ISBN : 978-2-211-23896-0

Préface
- juin 2001 -

C'est seulement après des décennies de silence sur ce qu'elle avait vécu pendant la Shoah qu'Eva Erben décida, poussée par son entourage, de publier ses Souvenirs d'une jeune fille juive. *Ce «petit» livre est de ceux qui suscitent de grands bouleversements. Depuis sa parution en 1981 en Israël, puis en Allemagne et en République tchèque, il a généré un travail de mémoire d'une ampleur surprenante. Il a appelé de nouveaux témoignages et entraîné Eva par-delà les frontières, à la rencontre d'un large public d'enfants et d'adultes curieux d'histoire.*

À l'heure où les rescapés de la Shoah sont de moins en moins nombreux, Eva considère qu'il est de son devoir de parler aux jeunes de cette terrible époque, même si elle sait bien que celui qui n'a pas vécu la Shoah ne peut s'en représenter toute l'horreur et l'inhumanité, et que tous les témoignages demeureront toujours en deçà de la réalité. Mais elle souhaite que les jeunes générations, en qui elle a une foi inébranlable, puissent à leur tour opposer la force de leur souvenir à tous les germes renaissants de peste brune.

S'adressant avant tout à des enfants, elle a choisi de ne pas jeter telle quelle à la face du jeune lecteur l'horreur indicible et incroyable des camps. Elle la suggère, l'évoque sans pathos ni effets de style, sans jamais pour autant édulcorer la réalité ni gommer l'inacceptable. Dans un langage simple et direct, avec la perspective d'immédiateté qu'ont les enfants, Eva rapporte des instantanés de son existence, heureux ou tragiques. De son récit émane une étonnante force de vie.

Dépourvu de haine ou d'accusation, son témoignage va toujours à l'essentiel, ne se veut jamais commémoratif, ni confiné dans la douleur. Et pourtant, que nous soyons enfant ou adulte, il nous touche en profondeur. Parce que nous savons, après l'avoir lu, que nous ne pourrons pas oublier, parce que l'histoire d'Eva est aussi la nôtre.

Que des enfants dont l'histoire familiale n'a rien à voir avec la Shoah prennent conscience de cet héritage est un don qu'ils font sans le savoir à Eva Erben, à tous les survivants : ils leur donnent en effet la preuve que leurs témoignages trouvent une véritable résonance. Et c'est ce qui permet à Eva d'exprimer sa seule attente envers les jeunes pour l'avenir : qu'ils se montrent toujours vigilants et responsables, pensent par eux-mêmes et n'obéissent jamais aveuglément à des ordres sans interroger leur conscience.

Anne Karila

Préface
– juillet 2018 –

À presque quatre-vingt-huit ans aujourd'hui, et malgré le décès de son mari Peter, compagnon de toute une vie, Eva demeure d'une vitalité étonnante. Elle a quatorze arrière-petits-enfants, conduit sa voiture avec panache et n'a rien perdu de sa curiosité d'esprit ni de son ouverture sur les gens et le monde. Même si elle se déplace moins souvent à l'étranger à présent, elle continue d'aller régulièrement à la rencontre de jeunes Israéliens pour qu'ils entendent son histoire.

Son récit poursuit lui aussi son propre chemin à travers le monde. Depuis les premières publications en Allemagne, en République tchèque, en France et en Angleterre, de nouvelles éditions ont vu le jour, augmentées de documents historiques, de photos, de commentaires. Eva a participé à de nombreuses émissions de radio et de télévision où elle a pu raconter plus en détail certains épisodes de sa déportation. Deux films sur sa vie ont été tournés en République tchèque et en Allemagne.

En janvier 2005, à l'occasion du soixantième anniversaire de la libération du camp d'Auschwitz, elle était invitée en France pour la création de la Cantate « Donnez-moi la mémoire » d'Annick Chartreux, dédiée aux enfants du ghetto de Terezin.

Ainsi la mémoire est portée, vivante, par-delà les frontières, les langues, les générations, comme l'atteste également le grand nombre de lettres qu'Eva reçoit de tous ceux qui ont croisé sa route.

Mais rien n'est jamais acquis : dans notre monde où la technologie permet une large diffusion du meilleur comme du pire, un nouvel antisémitisme déchaîne sa haine sur les réseaux sociaux. Face à l'abjection, les témoignages comme celui d'Eva enrichissent la connaissance des faits et permettent de construire une mémoire collective, indispensable si nous voulons éviter que l'Histoire ne se répète.

Anne Karila

À la mémoire de mes parents
Marta et Jindra Löwidt

Au printemps 1979, un jour de commémoration de la Shoah, j'étais de garde à l'entrée de l'école de mon fils Amir, dix ans. Ici en Israël, où nous vivons, il y avait eu, à l'époque, une série d'attaques terroristes contre des écoles ; c'est pourquoi nous, parents, assurions nous-mêmes la surveillance des établissements scolaires de nos enfants. Ce jour-là, l'institutrice de mon fils me pria de venir dans la classe raconter aux enfants quelques-uns de mes souvenirs de la Shoah : « Amir m'a dit que vous aviez vécu cette époque, que vous aviez vous-même été dans les camps. »

J'ai tout d'abord pensé que je ne pourrais pas répondre à cette demande, que cela serait au-dessus de mes forces. Mais à mon appréhension et à ma réticence s'ajoutait un autre sentiment : celui qu'il pourrait être de mon devoir de parler aux jeunes générations de cette terrible époque.

J'ai réfléchi, tiraillée, hésitant entre silence et responsabilité, et finalement, je suis entrée dans la classe et j'ai raconté mon histoire. Je l'ai racontée aussi pour tous ceux qui ne peuvent plus parler.

Je suis née près de Prague, la capitale de la Tchécoslovaquie, un jour d'automne, en octobre 1930.

Naturellement, mes souvenirs ne remontent pas aussi loin. La première chose dont je me souvienne, ce sont les voyages pour aller voir ma grand-mère. Nous lui rendions visite deux fois par an, l'été pendant les grandes vacances, et l'hiver pour Hanoukka, la fête juive des lumières, que l'on célèbre en décembre.

Elle habitait dans un village à environ quatre heures de train de Prague. L'hiver, il faisait déjà nuit quand nous arrivions, et la neige immaculée brillait à la lumière des réverbères.

Près de la gare du village, Joseph, le cocher,

nous attendait avec son attelage à deux chevaux. Il me prenait dans ses bras et étendait sur moi une couverture de fourrure pour me protéger du froid vif de l'hiver. Une fois que nous étions confortablement installés, Joseph donnait un coup de fouet aux chevaux qui partaient en trombe et manquaient chaque fois de nous faire tous tomber de nos sièges.

Le tintement des clochettes des chevaux nous accompagnait jusqu'à la maison de ma grand-mère que l'on abordait par une allée plantée de grands arbres.

Dès qu'ils entendaient les clochettes, Grand-mère, mon oncle Ernst, Maria la cuisinière et Stella, qui aidait à la maison, venaient à notre rencontre jusqu'à la porte et nous accueillaient avec de grandes embrassades.

Comme il était déjà tard, on me couchait tout de suite. Je dormais dans un grand lit, dans une chambre spacieuse où flottait une agréable odeur de pomme. L'hiver, ma grand-mère entreposait les pommes sur les armoires. Après cette longue journée de voyage, j'étais fatiguée mais contente, et je m'endormais rapidement.

Lors d'un de nos séjours, un été, il y eut un épisode amusant avec un corbeau. Autour de la maison de ma grand-mère il y avait un beau jardin avec de grands arbres. La fenêtre de la chambre à coucher donnait sur un grand marronnier dans lequel nichait un superbe corbeau noir. Il n'avait pas peur de nous et se postait souvent devant la fenêtre. Si celle-ci était ouverte, il entrait même dans la chambre. Là, il se dirigeait par petits sauts prudents vers le grand miroir dans un coin de la pièce. Les objets brillants l'attiraient, et le miroir l'intriguait tout particulièrement. J'aimais bien le regarder lorsqu'il observait son reflet dans la glace, tournant la tête d'un côté et de l'autre en poussant de curieux croassements. J'avais pris ce corbeau en affection.

Un jour ma grand-mère oublia une paire de boucles d'oreilles sur la table devant le miroir.

Quand notre visiteur quotidien sauta dans la pièce, son regard tomba naturellement tout de suite sur ces objets brillants. En un rien de temps, il était à côté des boucles d'oreilles et les observait avec curiosité.

Soudain, il saisit une des boucles d'oreilles avec son grand bec et partit par la fenêtre dans un battement d'ailes. Tandis que Grand-mère et moi en étions encore interdites de surprise, le corbeau était déjà haut perché dans l'arbre, déposait son nouveau jouet dans le nid et l'examinait attentivement. Quand Grand-mère eut retrouvé ses esprits, elle envoya chercher une grande échelle et la fit placer contre l'arbre. La chasse au corbeau – ou plutôt à la boucle d'oreille – avait commencé.

L'échelle atteignait le nid du corbeau et l'on pensait pouvoir lui reprendre son butin. Mais le corbeau était intelligent. Il n'entendait pas se séparer si rapidement de son nouveau jouet. Dès qu'il comprit ce qui se passait autour de lui, il s'envola avec son butin.

Nous ne le revîmes pas pendant quatre jours, pas plus sur son arbre qu'à la fenêtre ou dans le jardin. Grand-mère était très triste. Les boucles d'oreilles étaient un cadeau de sa mère et elle avait beaucoup de mal à en accepter la perte.

Le cinquième jour, alors que nous avions déjà abandonné tout espoir, voilà soudain le corbeau à nouveau posté devant la fenêtre, reprenant ses habitudes, mais cette fois la boucle d'oreille dans le bec. Il volette à l'intérieur de la pièce, saute sur la table devant le miroir et dépose la boucle d'oreille exactement à l'endroit où il l'avait trouvée. J'étais stupéfaite, et soulagée.

On peut s'imaginer l'accueil que je réservai au corbeau. Toute joyeuse, je me précipitai dans le jardin et cherchai avec le jardinier des insectes et des vers que le corbeau devait à mon avis apprécier. Je lui déposai ce repas de fête sur le rebord de la fenêtre, et effectivement, il vint. Il s'attaqua de bon appétit à son repas. Cette récompense-là, il ne l'avait pas volée.

Prague, où vivait ma famille, est une très grande ville. Autrefois y régnaient des rois et des empereurs qui firent construire des châteaux et des palais pour embellir leur capitale. La ville est traversée par la Moldau sur laquelle on a construit de nombreux ponts. Sur les rives du fleuve sont aménagés des jardins et des parcs magnifiques. De belles maisons hautes et souvent fort anciennes bordent les larges rues.

Notre maison était, elle aussi, entourée d'un splendide jardin. Dans un coin, il y avait une tonnelle entièrement recouverte d'églantines. L'été, j'y jouais avec mon amie Ilonka et ma poupée Hannah. Ainsi la tonnelle devenait une chambre d'enfant ; là, nous pouvions jouer sans être dérangées et parler de tout ce qui est important pour les petites filles. Seul le froid de l'hiver nous faisait rentrer dans la maison où nous restions la plupart du temps sous l'escalier qui menait à l'étage.

Au rez-de-chaussée se trouvaient la salle à manger, le séjour et deux vérandas où ma mère mettait des plantes en pots auxquelles elle prodiguait des soins attentifs. En haut, il y avait deux chambres à coucher ainsi que le laboratoire de mon père.

Mon père était chimiste et avait une usine dans laquelle on fabriquait du caoutchouc. C'est dans son laboratoire à la maison qu'il faisait ses expériences. Il avait pour ambition de développer une nouvelle matière à la fois dure et transparente comme le verre, mais incassable.

Un jour, alors que nous étions en train de jouer sous l'escalier, nous entendîmes soudain une forte explosion et tous nos jouets furent chamboulés. De la fumée noire s'échappait de sous la porte du laboratoire, puis mon père apparut, le visage couvert de suie. Ma mère eut très peur, mais mon amie et moi éclatâmes de rire. Nous n'étions pas près d'oublier ce tableau.

Derrière la maison, il y avait un escarpement, en hiver presque toujours recouvert de neige. C'était la « pente à luge » où tous les enfants de la rue se retrouvaient après l'école. Maintes et maintes fois nous glissions jusqu'en bas sur nos luges puis remontions à pied. À la tombée du jour, nous rentrions à la maison les joues rougies par le vent et le ventre creux

Au printemps et en été, nous faisions souvent des excursions. J'allais parfois avec mes parents dans les bois, aux abords de Prague, ramasser des champignons et cueillir des baies. Mon père connaissait beaucoup de sortes de champignons, comestibles et vénéneux. Je voulais toujours cueillir les plus beaux, mais ce sont justement souvent ceux-là qui sont dangereux. Chaque fois, mon père devait me réexpliquer combien il est périlleux de les consommer. Mais finalement, j'appris moi aussi bientôt à les distinguer.

Le plus souvent, nous rentrions de ces excursions avec des paniers chargés. Boschka, qui aidait ma mère dans les tâches ménagères, nettoyait les champignons et les mettait à sécher sur le poêle. Ils restaient étalés là quelques semaines, et lorsque mon amie et moi nous approchions du poêle, Boschka, qui avait quelques craintes pour les champignons, élevait la voix en signe d'avertissement.

Mon école n'était pas très loin de la maison. L'enseignement était dispensé en tchèque, mais, comme beaucoup d'enfants en Bohême, j'ai grandi dans un environnement bilingue. À la maison et avec mes amies, je parlais tantôt tchèque, tantôt allemand. J'aimais l'école et m'intéressais tout particulièrement à l'histoire. L'instituteur nous parlait du passé glorieux de la Tchécoslovaquie, d'illustres rois et empereurs, mais aussi de méchants souverains et de guerres. Il y avait eu des rois qui exploitaient le peuple, et j'étais contente de vivre à une époque où le pays n'était plus gouverné par un roi mais – comme disaient les adultes – par un « parlement démocratique ».

Rien n'est plus précieux que la liberté. À l'époque, j'étais très loin de m'imaginer que l'on pourrait me la prendre, que l'on me réduirait un jour en esclavage.

Printemps 1939. Hitler et ses soldats envahirent la Tchécoslovaquie. J'étais encore une enfant et ne comprenais pas bien ce qui se passait exactement. Mes parents étaient assis devant la radio, silencieux. Du haut-parleur retentissait une voix criarde, éraillée, qui nous fit peur. Je compris seulement progressivement que l'occupant allemand avait édicté de nouvelles lois étranges qu'il annonçait par la radio.

Du jour au lendemain, je n'eus plus le droit d'aller à l'école. À la rentrée, je serais passée en CM2, mais les occupants allemands avaient interdit aux enfants juifs d'aller à l'école. C'est pourquoi nous nous réunissions, les six enfants juifs de ma classe, dans des maisons privées où un professeur particulier nous faisait cours. Cette dame aussi était juive et c'est pour cette raison qu'elle avait été renvoyée. Nos cours avaient donc lieu chaque jour – à tour de rôle – chez l'un des enfants.

Nous n'avions le droit de sortir dans la rue

qu'avec des vêtements sur lesquels était cousue une étoile jaune qui portait la mention *Juif*.

Ce qui m'étonnait, c'était que des camarades qui jouaient souvent avec moi auparavant ne venaient plus me voir. Je ne comprenais pas pourquoi. Était-ce la voix criarde de la radio qui les empêchait de venir me rendre visite ? Qu'y avait-il de si embêtant à ce que je sois juive ? Chez le marchand de glaces où je m'étais souvent acheté un cornet, il y avait maintenant une pancarte : « Entrée interdite aux Juifs et aux chiens. »

Je sentais que notre vie changeait, dans un mauvais sens. Même ma mère et mon père ne riaient plus comme avant.

À cette époque, les expériences chimiques de mon père furent couronnées de succès : il avait réussi à mettre au point une résine artificielle. Avant de rendre sa nouvelle invention tout à fait officielle, il fabriqua quelques objets. Parmi ces échantillons se trouvaient un joli poudrier pour

Maman et une boîte à cigares qu'il offrit à son meilleur ami, avec lequel il avait fait son service militaire. Il demanda ensuite un rendez-vous au bureau des brevets de Prague, où une commission d'experts chimistes accepta son invention et en reconnut la validité. Ce jour-là, il rentra très heureux à la maison. Malheureusement, cette joie fut de courte durée. Les nouvelles lois des occupants allemands interdisaient aux Juifs de déposer des brevets à leurs noms. Il fut donc obligé de céder ses droits à un collègue tchèque qui n'était pas juif. Celui-ci reçut même, pour l'invention, un prix qui aurait dû en fait revenir à mon père.

Je ne me souviens pas que pendant cette période difficile Papa se soit jamais plaint. Il trouvait toujours quelque rayon de lumière qui éclairait un peu les ténèbres autour de nous. Il parvenait toujours à nous convaincre que la situation n'était pas si mauvaise et qu'il fallait seulement « tenir bon encore un moment » jusqu'à ce que « le monstre soit vaincu ». En parlant de monstre, il voulait dire Hitler. Pour nous donner du courage, il ajoutait toujours : « Cela finira bien par s'arranger ! »

Mais c'était un espoir trompeur. Un soir de décembre 1941 – deux mois après mon anniversaire – nous entendîmes frapper bruyamment à la porte...

Dehors se tenaient des policiers allemands qui nous informèrent que nous allions être emmenés dans les plus brefs délais à Theresientstadt, une ville au nord de Prague, que les nazis avaient transformée en ghetto.

On nous ordonna de quitter l'appartement le lendemain matin. Chacun de nous avait droit à une petite valise. Dans la mienne, je mis les vêtements que j'aimais particulièrement et, dans un petit sac, je fourrai ma poupée Hannah, quelques crayons et mon journal intime. Voilà comment nous partîmes au point de rassemblement.

Le matin, je jetai un dernier regard sur toutes ces choses qu'il nous fallait laisser derrière nous :

les lits, les couvertures, les tableaux, la porcelaine et tous les jouets. Qui donc va dormir dorénavant dans mon lit? Qui va s'enrouler bien au chaud dans ma couverture? À qui le clown au mur va-t-il sourire à présent? Mon coin à jeux, mes livres... C'était si triste d'être obligé de quitter tout cela et de partir.

Que s'était-il donc passé? Je ne comprenais pas comment une chose pareille avait pu arriver. Quand allions-nous revenir?

Nous descendions la rue et les gens nous regardaient. J'avais honte. À cet instant, je fus saisie d'une grande douleur et d'une terrible colère.

On nous emmena au point de rassemblement, qui se trouvait dans un grand bâtiment. En tout, il y avait là-bas presque mille personnes. Nous y sommes restés quelques jours – combien de temps exactement, je ne le sais plus. Mais je me souviens d'un petit garçon dont le comportement m'avait semblé assez stupide. Il pleurait presque sans arrêt et voulait que sa mère lui donne des gâteaux comme à la maison.

Là je compris que désormais, nous étions des gens sans domicile. Une maison, un « chez nous », cela n'était plus qu'un beau souvenir.

Avant de quitter le point de rassemblement pour la gare, chacun de nous reçut un numéro qui, dès lors, nous accompagna en permanence. Mon père eut le numéro 641, ma mère le numéro 642 et moi le numéro 643.

Dorénavant nous n'avions plus de noms. Dorénavant nous n'étions plus que des numéros.

Le train se mit en branle. Dans le compartiment régnait un silence oppressant. Chacun était plongé dans ses pensées. Je regardai par la fenêtre et vis des arbres couverts de neige et des petites maisons. J'enviais les arbres qui défilaient devant les fenêtres, et les gens qui habitaient tranquillement dans les petites maisons.

Quelques heures plus tard, le train s'arrêta en gare de Bauschowitz, une petite localité à trois kilomètres de Theresienstadt. Nous descendîmes, et les soldats allemands qui avaient surveillé le train nous ordonnèrent de nous mettre en rangs. Puis on nous fit marcher dans la neige profonde à travers champs en direction du ghetto. Chacun portait sa valise. Nous avions tous du mal à avancer. Voyant comme je me fatiguais, mon père essayait de me soutenir.

Je crois que j'éprouvais la même chose que les nombreux autres enfants qui marchaient avec nous : nous sentions que nos parents étaient dans une profonde détresse et très inquiets. Nous prîmes conscience que nous avions soudain vieilli et mûri. Personne ne pourrait nous aider. Dorénavant, nous devrions nous prendre en charge, pour soulager un peu nos parents.

Nous arrivâmes à Theresienstadt, une ville entourée de hauts murs et de remparts. Construite vers 1790, elle avait abrité des garnisons autrichiennes, puis tchèques. À côté de casernes imposantes, destinées aux soldats, se trouvaient aussi de petites maisons où logeaient les civils qui travaillaient pour l'armée. Lorsque nous arrivâmes, il n'y avait plus de soldats ni de civils dans la ville. Ici ne vivaient que des prisonniers, des Juifs, comme nous, qui avaient été déportés de Prague et des environs.

Mes parents et moi fûmes amenés dans un immense bâtiment avec trois cours intérieures. Dans l'une de ces cours se produisit une chose terrible : des soldats allemands en uniforme noir séparèrent les femmes et les enfants des hommes. Soudain Papa n'était plus avec nous. Ce fut pour moi comme une « petite mort » ; mais Maman me consola en disant que nous allions bientôt le revoir.

Tout était tellement nouveau et oppressant ici. Maman et moi habitions avec beaucoup d'autres femmes et enfants dans l'une des anciennes casernes. Tout ce que nous possédions se réduisait à un matelas et à notre valise. Avec nous habitait aussi un garçon de mon âge qui avait emporté quelques billes dans ses poches. Souvent, nous ne savions pas quoi faire, alors nous nous asseyions sur un matelas et nous nous mettions à jouer.

Trois fois par jour, on nous donnait à manger. Les repas étaient préparés pour tous les habitants de notre bâtiment dans une grande cuisine. Pour la distribution, nous devions nous ranger les uns derrière les autres, en une longue file. Notre gamelle à la main, nous avancions lentement, un par un, vers le guichet où chacun recevait sa ration : le matin une tasse de succédané de café insipide et une tranche de pain ; à midi une assiette de vague bouillon et des pommes de terre cuites dans une sauce répugnante ; le soir encore un liquide indéfinissable. À de très rares occasions, on nous distribuait du « gâteau » ; il était composé de farine, d'eau et de levure et avait la forme d'une petite brique – c'est d'ailleurs ainsi que nous l'appelions. Il était recouvert d'une crème faite de margarine, de sucre et d'un peu de cacao. Pour obtenir une plus grande quantité de crème, les cuisiniers la coupaient avec de plus en plus d'eau ;

certains jours, elle était vraiment transparente. Mais nous, les enfants, nous nous battions pour chaque goutte, pour chaque miette.

Il nous prenait souvent une envie subite de «quelque chose de bon». Nous avions du mal à nous habituer à la mauvaise nourriture, si différente de celle de chez nous. Les quelques produits que nous avions emportés furent vite consommés. Il nous fallut donc nous contenter de notre maigre ration.

Lors d'une de ces dures journées, mon père réapparut soudain. L'état-major du ghetto avait autorisé les hommes à aller voir leurs familles. Nous apprîmes seulement à ce moment-là que Papa habitait aussi dans le ghetto, mais dans un autre bâtiment. Le fait de le savoir à proximité fut pour moi un très grand soulagement.

Mon père s'occupait de la distribution des produits alimentaires. Nous espérions très fort que cette responsabilité nous apporterait des avantages et surtout que nous pourrions peut-être bientôt habiter à nouveau ensemble. C'est en effet ce qui se produisit. Sans nous en donner la raison précise, l'état-major du ghetto nous autorisa un jour à emménager dans une petite mansarde. Avec des caisses, nous bricolâmes des meubles et parvînmes même à nous procurer des lits et un petit poêle sur lequel ma mère arrivait à nous préparer de modestes repas et qui, l'hiver, réchauffait la pièce.

Comparé à toute la souffrance qui nous attendait encore, nous allions passer dans cette petite pièce trois années heureuses.

Un bon nombre de prisonniers, enfants comme adultes, finirent par s'habituer à la vie dans le ghetto. Chacun s'en accommodait à sa manière. Chaque jour, tout le monde devait aller travailler, même nous, les enfants. Après le travail, nous voulions jouer, comme tous les enfants du monde. Et nous jouions, en effet, mais pas comme les enfants qui vivent dans des conditions normales. Quel que fût le jeu, nous nous y adonnions toujours avec une joie et une passion exubérantes, car jouer était le seul moyen efficace de ne plus penser à notre situation.

Parmi les habitants du ghetto, il y avait beaucoup de Juifs qui, avant d'être déportés, avaient été acteurs, compositeurs, chanteurs, écrivains et philosophes. La plupart d'entre eux étaient célèbres même bien au-delà des frontières de la Tchécoslovaquie. Mais la déportation avait soudain réduit leur univers à l'étroit ghetto. Ils étaient prisonniers, comme nous tous, et des numéros avaient maintenant remplacé leurs noms illustres. Pourtant, comme par miracle, leur esprit n'avait pas été brisé. On ne pouvait mettre que leurs corps en prison, pas leur force créatrice. Ils poursuivaient leur activité artistique même dans les conditions difficiles et l'espace étroit du ghetto, peignaient, écrivaient, chantaient, composaient, et faisaient du théâtre.

Un de ces artistes réunit un groupe d'une centaine d'enfants auxquels il enseigna le théâtre. De ce groupe naquit une véritable troupe, le

«Théâtre des enfants de Theresienstadt». Nous répétions après le travail, et l'une des pièces que nous avons étudiées s'appelait *Brundibâr*.

La pièce parle de deux enfants, un frère et une sœur, Pepicek et Aninka, dont la mère est très malade. Ils veulent se procurer du lait, nécessaire à la mère pour reprendre des forces. D'abord, ils demandent un peu de lait au laitier sur la place du marché. Mais comme ils ne peuvent pas payer, on ne leur donne rien. Arrive alors un joueur d'orgue de Barbarie, Brundibâr. Il joue des airs sur son orgue et les gens lui font l'aumône. Aninka et Pepicek décident de chanter sur la place du marché, dans l'espoir de gagner ainsi quelque argent pour acheter du lait pour leur mère. Mais leurs voix fluettes ne parviennent pas à s'imposer face à l'orgue. Brundibár les chasse de la place du marché. Fatigués et tristes, Aninka et Pepicek rentrent. En cours de route, ils se reposent sur un banc et réfléchissent à un moyen de se débarrasser du méchant Brundibár.

C'est à cela que ressemblait notre situation dans le ghetto de Theresienstadt : les prisonniers étaient impuissants face à « Brundibár », l'oppresseur allemand.

Alors Aninka et Pepicek demandent de l'aide aux animaux. Le chien, le chat et l'oiseau acceptent de les aider. Ils vont chercher les enfants des écoles, et ainsi se met en place une grande chorale. Ensemble, les enfants chantent une magnifique berceuse et leurs voix couvrent l'orgue de Barbarie. La chanson, qui parle d'une mère et de son enfant, plaît tellement aux gens sur la place qu'ils donnent aux chanteurs de généreuses aumônes. En cachette, Brundibâr vole l'argent et tente de s'enfuir. Mais Aninka, Pepicek, les animaux et tous les enfants le rattrapent et lui reprennent son butin. Le frère et la sœur récupèrent leur argent et le chœur entonne un chant de victoire du Bien sur le Mal.

Dans le ghetto, cette pièce eut beaucoup de succès ; elle fut représentée plus de cinquante fois. Parmi tous mes amis, garçons et filles, qui comme moi ont chanté dans la pièce, seulement quatre ont survécu ; tous les autres ont été assassinés à Auschwitz.

Tous les jours, nous, les enfants, allions travailler aux champs dans les environs de Theresienstadt. Nous transformions des buttes de terre et des talus en vergers et en jardins potagers, mais le fruit de notre travail ne profitait qu'aux occupants allemands. Chaque matin, tous les enfants se rassemblaient à un endroit précis, formaient des groupes et, en chantant, franchissaient la porte du ghetto au pas cadencé. À la tête de chaque groupe, il y avait un garçon ou une fille plus âgé. Ce « chef de groupe » était en possession d'une autorisation de travail de l'état-major du ghetto, pour ceux qu'on lui avait confiés. Seule cette autorisation nous donnait le droit de quitter l'enceinte du ghetto pour travailler dans les champs.

Pendant le travail, les enfants, grands et petits, se tenaient très près les uns des autres. Les plus âgés d'entre nous, ceux qui étaient au lycée avant la guerre, nous transmettaient en travaillant un peu de ce qu'ils avaient appris. C'est donc dans les rangs de légumes que j'entendis parler pour la première fois des pièces de Shakespeare ou de la Révolution française. De cette manière, j'appris au moins quelques bribes de ce que les autres enfants, ceux qui n'avaient pas été chassés, apprenaient normalement à l'école.

Un jour, on nous attribua un chef de groupe sympathique. En allant aux champs, nous passâmes à côté d'un cerisier tout chargé de fruits. Dans le ghetto, il n'y avait ni fruits ni légumes. Des cerises mûres étaient pour nous une friandise exceptionnelle. Notre chef de groupe nous autorisa à en manger autant que nous voulions, mais il nous interdit d'en emporter. À l'entrée du ghetto, les gardiens procédaient en effet après chaque journée de travail à des fouilles ponctuelles, pour nous empêcher d'introduire en fraude de la nourriture dans le ghetto.

Si quelqu'un était pris, il risquait de sévères

punitions : coups, cellule d'isolement ou pire encore. Pourtant, chacun de nous avait des proches dans le ghetto, qui n'avaient aucune possibilité de se procurer un supplément de nourriture de l'extérieur. C'est seulement plus tard que nous avons trouvé différentes ruses pour introduire en fraude quelques légumes pour nos familles.

Ce jour-là cependant, nous fûmes obéissants et ne tentâmes pas d'emporter de cerises. Seul le chef de groupe ne put résister à la tentation. Sa mère adorait les cerises ; c'est pourquoi il en cacha discrètement une poignée dans un grand foulard qu'il referma par un nœud et attacha dans son dos. Il camoufla le foulard et les fruits avec son manteau.

Sur le chemin du retour, nous remarquâmes soudain sur son dos une tache rouge. Tout d'abord nous eûmes peur et pensâmes que c'était du sang ; mais ensuite nous comprîmes que du jus de cerise avait coulé et traversé le tissu. Se voyant découvert, le chef de groupe fut très gêné. Or il ne pouvait plus se débarrasser des cerises car nous étions déjà arrivés tout près de la porte. Au moment de passer au pas cadencé, il avança d'abord le dos tourné vers nous, afin que les gardiens ne puissent pas voir la tache. Ainsi couvert, il pivota sur lui-même jusqu'à ce que nous soyons à l'intérieur du ghetto et que le danger fût passé. Nous avions fait de notre mieux pour le protéger et étions contents d'avoir réussi à duper les nazis au moins une fois. Et la mère de notre chef de groupe eut ainsi ses cerises.

Aux environs de Theresienstadt il y avait de grands champs d'épinards. L'hiver, de longues rangées de pointes vertes dépassaient la blanche couverture de neige. Un jour, on nous envoya les cueillir. Ils étaient destinés aux Allemands uniquement. Avec un couteau, nous coupions les épinards et les emballions dans des caisses.

Si avant la guerre nous n'aimions pas particulièrement ce légume, dans les circonstances du ghetto notre aversion avait disparu. Chacun de nous voulait en emporter un peu en cachette. Comme il faisait froid, nous avions enfilé par-dessus nos survêtements d'amples pantalons de travail aux larges bretelles. Nous cachions nos épinards dans les pantalons de survêtement. La chaleur du corps les dégelait et l'eau nous dégoulinait le long des jambes. Non seulement cela chatouillait, mais c'était en plus désagréablement froid. Mais l'essentiel était que les épinards arrivent dans le ghetto sans être découverts et améliorent quelque peu les maigres menus de nos familles.

J'avais deux bons amis à Theresienstadt, un garçon et une fille, qui habitaient dans la même aile de la caserne que mes parents et moi. Ensemble, nous avions lu un livre qui parlait de trois enfants courageux que nous avions alors choisis pour modèles. Pas loin de nos chambres un grand escalier menait à une cave obscure. Curieux comme nous l'étions, nous voulions savoir ce qu'il y avait dans cette cave. Un jour, nous décidâmes de nous retrouver le soir à l'escalier et d'aller sonder le mystère.

D'abord je descendis l'escalier seule. À chaque marche l'obscurité se faisait plus épaisse autour de moi. Mon cœur battait à tout rompre, mais je voulais être courageuse, comme les héros du livre, et lutter contre ma peur. Au bout de vingt ou trente marches, une ombre passa soudain rapidement sur le sol. J'entendis un drôle de bruit ; alors je pris mes jambes à mon cou et remontai l'escalier quatre à quatre. Il se passa la même chose avec les deux autres. Eux aussi descendirent chacun son tour mais rebroussèrent chemin dès qu'ils entendirent le bruit et virent l'ombre passer.

Nous décidâmes de tenter notre chance encore une fois, ensemble, pour combattre le danger unis. Main dans la main, nous descendîmes l'escalier à pas de loup. Plus nous avancions, plus le curieux bruit augmentait. Nous nous arrêtâmes, conscients pourtant qu'il nous fallait surmonter cette épreuve afin de pouvoir en affronter d'autres plus grandes, plus tard. D'un pas incertain, nous continuâmes à descendre.

À la dernière marche, ce fut la surprise : nous nous trouvions dans une cave à pommes de terre. Les « ombres » étaient des rats, qui allaient et venaient en poussant des cris bizarres. Soulagés et riant aux éclats, nous remontâmes l'escalier avec le sentiment d'avoir accompli une action héroïque. À partir de ce moment-là, nous redescendîmes souvent. La cave elle-même était certes fermée par une grille de fer, mais nous réussissions quand même toujours à « pêcher » quelques pommes de terre.

Les nazis ne nous trompaient pas seulement nous, mais ils trompaient le monde entier. Un jour, la nouvelle se répandit qu'un haut représentant de la Croix-Rouge allait venir visiter le ghetto. Afin de tromper le visiteur et ceux qui l'accompagnaient pour contrôler les conditions de vie dans le ghetto, l'aspect extérieur de la ville fut à tel point modifié qu'on ne la reconnaissait pas.

En un temps record, l'état-major fit repeindre les façades des maisons et nettoyer soigneusement les rues. Pour faire illusion, des « boutiques » furent installées le temps de la visite. Mais elles n'étaient constituées que de vitrines dans lesquelles étaient exposés quelques produits de luxe : moutarde, épices, fil à coudre, peignes, barrettes, etc. De cette manière, on voulait susciter chez les visiteurs l'impression que la vie dans le ghetto se déroulait tout à fait normalement.

Des enfants devaient se poster au coin des rues dans leurs plus beaux vêtements. Chaque enfant reçut une tartine beurrée avec des sardines. Quand le visiteur passait accompagné de Rahm, le commandant du ghetto, les enfants devaient s'avancer et dire en faisant la moue : « Oncle Rahm, encore des sardines ? » Naturellement tout ceci était simulé et devait faire croire que nous avions si souvent des tartines aux sardines que nous n'en pouvions plus.

Le représentant de la Croix-Rouge se laissa réellement abuser et affirma dans le compte rendu de sa visite que les conditions de vie dans le ghetto n'étaient pas si mauvaises. Dans le monde entier, on diffusa officiellement cette déclaration trompeuse qui contredisait toutes les rumeurs sur la cruauté des traitements dans les ghettos et les camps. À partir de ce moment, beaucoup de gens, à l'étranger, crurent que dans les camps de concentration des nazis on vivait tout à fait correctement, et ils ne se firent plus de souci pour nous.

(Aujourd'hui, dans ma famille, quand on sert plusieurs fois de suite le même plat, il y a toujours quelqu'un pour dire en plaisantant : « Oncle Rahm, encore des sardines ? »)

Entre adultes, mais aussi entre enfants, il était souvent question de Dieu : « Existe-t-Il vraiment ? Voit-Il ce que l'on nous fait ? Pourquoi ne nous aide-t-Il pas ?» Certains pensaient que Dieu voulait nous mettre à l'épreuve, d'autres étaient d'avis qu'il fallait des choses pires encore pour que Dieu puisse intervenir et nous sauver.

Dans mon journal intime, j'écrivais chaque soir ce que j'avais vécu et consignais aussi de telles conversations. Alors parfois je m'imaginais de retour à la maison, à Prague, assise sur mon lit, une grosse tranche de pain avec de la confiture de Maman à la main, lisant mes *Souvenirs de Theresienstadt*.

Ainsi passèrent quelques années entre travail, conversations, rêves et souffrances. Étés et hivers se succédaient. L'été, nous étions sûrs que la guerre s'achèverait en hiver, et l'hiver nous espérions que l'été apporterait la paix. Alors nous pourrions sûrement rentrer chez nous !

Vint l'année 1944. Des trains de marchandises chargés de milliers de personnes continuaient d'arriver au camp de Theresienstadt. Ces gens étaient pour la plupart dans un état pitoyable.

Après un certain temps, ils étaient transportés plus loin vers des destinations inconnues. Beaucoup parmi les « vieux de Theresienstadt » furent également affectés à ces convois. Aucun de nous ne savait ce qui l'attendait, mais nous redoutions le pire et vivions dans une peur permanente.

En octobre, peu après mon quatorzième anniversaire, mon père aussi fut affecté à un convoi. L'état-major disait qu'on envoyait les hommes construire un nouveau camp, que les femmes et les enfants y seraient envoyés plus tard. Il ne nous restait plus qu'à y croire.

Un jour de fin d'automne, nous accompagnâmes Papa à la gare. Le train partit vers sa destination inconnue. Nous agitâmes nos foulards. Le visage de Maman était assombri par la tristesse et l'inquiétude. Ce que je ne savais pas et que je n'aurais pas pu imaginer, c'est que je voyais mon père pour la dernière fois.

Quelques semaines plus tard, l'état-major du ghetto nous « autorisa » à rejoindre les hommes.

Ma mère se hâta de nous faire inscrire pour le voyage. Avec nous, beaucoup d'autres femmes et enfants se portèrent volontaires pour ce convoi. On nous accepta et nous espérions maintenant bientôt revoir Papa.

Le voyage en train dura trois jours sans interruption ; nous étions entassés dans des wagons de marchandises, sans pouvoir sortir une seule fois. La nuit, le train stationnait de longues heures sur des voies de garage en attendant de poursuivre sa route. Maman se tenait avec moi à la lucarne du wagon et nous regardions les étoiles. Elle m'apprit leur nom et me montra la Grande Ourse. Ce furent les derniers instants de paix avant notre arrivée à Auschwitz.

Lorsque le train de marchandises s'arrêta à l'entrée du camp, les portes furent violemment ouvertes. Des gens en uniforme criaient : « Vite, vite, dehors ! Les valises restent dans le wagon ! »

Dans ma petite valise, il y avait mon journal intime et une petite tablette de chocolat qu'un policier tchèque charitable m'avait glissée dans la main au ghetto. Ce chocolat, je voulais l'offrir à Papa. Il y eut une grande confusion. Je tentai de sortir le chocolat de la valise mais n'en eus pas le temps. Les gardes en uniforme nous tombèrent dessus comme des déments, cognant dans la foule avec leurs crosses de fusil et distribuant des coups de botte autour d'eux. Une peur paralysante me saisit. Dehors, on nous mit en rangs. Dans ma peur, je m'accrochais aux mains de ma mère.

Tout à coup, Julia, l'amie de Maman, se trouva à côté de nous. Elle avait été envoyée à Auschwitz quelques semaines avant nous. Elle me saisit par le bras et m'entraîna dans l'un des derniers rangs, à quelques mètres de Maman. Elle posa un doigt sur ses lèvres et me chuchota de faire comme si j'étais plus vieille qu'en réalité. Si on me demandait mon âge, je devais dire que j'avais dix-huit ans. Et déjà Julia était retournée près de ma mère, lui chuchotait quelque chose à l'oreille avant de disparaître à nouveau.

Plus tard j'appris que dès l'arrivée d'un convoi, les SS séparaient les enfants des parents. Les enfants n'avaient aucune chance de rester en vie. Je suivis le conseil de Julia ; ainsi elle a contribué à me sauver la vie.

Nous dûmes nous déshabiller et on nous rasa la tête. Quelqu'un nous donna des vêtements de prisonniers et ensuite on nous conduisit par un chemin boueux vers les longues rangées de baraquements. De la fumée noire s'échappait de grandes cheminées. Nous interrogeâmes des prisonniers arrivés avant nous à Auschwitz sur ces cheminées. Ils nous répondirent par un sourire amer. Lorsque nous leur demandâmes où se trouvaient les hommes de Theresienstadt qui avaient été envoyés quelques semaines auparavant à Auschwitz, ils firent seulement un geste bref de la main en direction des cheminées. C'étaient les cheminées des crématoires, à côté des chambres d'extermination d'Auschwitz. Le chemin de mon père aussi s'était terminé là.

Dans les premiers jours au camp d'Auschwitz nous fûmes répartis en groupes de travail. Pendant un certain temps, nous avons dû creuser tous les jours des fossés antichars. Nous souffrions du froid glacial – sans chaussures et vêtus seulement d'une veste légère et d'un pantalon. Et il y avait encore beaucoup moins à manger que les plus mauvais jours à Theresienstadt. Au début j'avais du mal à croire que cet enfer était la réalité, la réalité dans laquelle nous étions obligés de vivre.

Après six semaines d'indicibles souffrances, nous dûmes nous présenter en rangs devant les baraques. Devant nous apparut le Dr Mengele, médecin du camp de sinistre réputation. Il jeta un rapide coup d'œil sur chacun des détenus pour décider ensuite d'un mouvement léger de la main de notre destin : il envoya les uns vers la gauche, les autres vers la droite – les uns vers l'esclavage, les autres vers la mort.

Après cette « sélection », on nous apprit que nous allions travailler en dehors du camp. À nouveau, nous eûmes quelque espoir. Avant notre départ du camp, on nous distribua des vêtements et des chaussures. Je n'eus pas de chance, car je ne récoltai que deux chaussures gauches. Naïve comme j'étais, je voulus m'approcher une deuxième fois du tas de chaussures pour en échanger une. Soudain je sentis un coup terrible en plein milieu du visage. C'était la crosse du fusil d'un SS qui surveillait la distribution. Ce coup me fit perdre deux incisives. Et je dus poursuivre ma route avec deux chaussures gauches.

Un autre surveillant montra un peu de compassion. Comme à un chien errant, il me jeta un bout de saucisson dans lequel il avait déjà mordu lui-même. Chaussures et dents furent pour un instant oubliées ; je me précipitai vers ma mère avec laquelle je voulais partager le petit morceau de saucisson. Mais les gens affamés autour de moi m'assaillirent, agrippèrent mon bras, me mordirent la main et léchèrent mes doigts. Je me cramponnais à ce qui me restait de saucisson, caché dans mon poing serré. Je parvins très difficilement à me délivrer et à rejoindre ma mère. Nous partageâmes la peau de saucisson qui restait. La faim transforme les hommes en loups.

On nous poussa vers les wagons de marchandises. Maman se pencha, prit une poignée de neige et me l'appliqua sur la gencive édentée, pour arrêter le sang qui continuait de couler.

La rumeur se propagea que, pendant le trajet, les SS enverraient du gaz dans les wagons pour nous asphyxier. Les gens s'agitaient, terrifiés. Maman se tenait avec moi et ses deux amies, Julia et Paula, dans un coin du wagon. Vraisemblablement pour me rassurer et me donner l'illusion que nous étions en sécurité, toutes les trois essayaient d'ignorer le climat d'hystérie qui nous entourait. Après des heures d'angoisse et de frayeur, le train s'arrêta. Comme d'habitude, on nous en fit sortir avec des cris et des coups. On nous ordonna de marcher en rangs. Nous marchâmes toute une journée, sans manger ni boire. Des gens tombaient et restaient étendus sur le bord du chemin. Personne ne s'occupait d'eux ; ils étaient achevés d'une balle, tout simplement. Le soir, nous arrivâmes au camp de travail. Il était situé dans une forêt et complètement entouré d'arbres couverts de neige.

Maman, Julia et Paula se portèrent tout de suite volontaires pour les travaux de cuisine afin de nous procurer un peu à manger. Ce soir-là, je reçus aussi une meilleure paire de chaussures.

Pendant les semaines qui suivirent, nous dûmes travailler très dur. Il n'y avait quasiment rien à manger et nous maigrissions à vue d'œil. J'eus du mal à m'habituer à la perte de mes deux incisives. Ma mère me promit, quand nous serions rentrées à Prague, de m'emmener chez le dentiste, le Dr Wiener.

Je me rappelai les visites chez lui. J'en avais très peur ; c'est pourquoi il essayait toujours de me rassurer en me faisant de petits cadeaux. C'est seulement au camp, au milieu des arbres, que Maman m'avoua alors que c'était elle qui les apportait au cabinet du dentiste.

Nous savions toutes les deux que nous avions peu de chances de survivre à la guerre. Pourtant nous nous accrochions à l'espoir et voulions croire à nos illusions. Tant que nos forces le permettraient, nous ne voulions en aucun cas baisser les bras.

Au début du printemps nous entendîmes un lointain grondement de canon. Le bruit courait que l'armée soviétique approchait. À nouveau nous reprîmes espoir : peut-être allions-nous quand même être sauvées !

Quelques jours plus tard, le soir, un gros camion chargé de soldats arriva au camp. Mais ce n'étaient pas des Russes, c'étaient des SS. Ils étaient tous armés et chacun tenait en laisse un gros berger allemand. À nouveau, le désespoir nous envahit.

Le matin suivant, avant l'aube, on nous conduisit hors du camp. Nous devions être « évacuées », disait-on. En réalité nous attendait une marche de la mort.

Chaque jour, nous parcourions trente à

quarante kilomètres. La nuit, nous dormions à la belle étoile par un froid glacial. Nous nous nourrissions de déchets, d'herbes et de pousses d'arbres trouvés sur le bord de la route. Nous étanchions notre soif avec de la neige. Le soir, nous recevions le seul repas de la journée : une soupe insipide et une tranche de pain.

Pendant ces marches, nous traversions des endroits habités. Je voyais de petites maisons où brûlaient des lampes. Mais en moi, c'était l'envie qui brûlait. Je ne comprenais pas qu'il y eût encore des gens qui habitaient dans des maisons, au chaud, sans souffrir de la faim. Si seulement nous avions pu nous réfugier dans l'une de ces petites maisons ! Mais c'était un rêve sans espoir. Les SS nous gardaient comme une mine d'or. Les femmes qui essayaient de fuir étaient rattrapées par les chiens et exécutées sur-le-champ.

Un soir, nous arrivâmes complètement épuisées dans un camp occupé seulement par des femmes. On nous enferma dans une grande pièce sans autres ouvertures que de petites bouches d'aération. Assises par terre, nous attendions notre tranche de pain quotidienne.

Ma mère ferma les yeux, m'attira à elle et me dit tout bas: «Je suis désolée, Eva. Je dois t'abandonner, je n'en peux plus…» Elle m'embrassa et dans son regard je vis la mort me fixer.

Je continuai à lui parler, je lui parlais, pour ne pas me dire que ma mère venait de mourir, là, à côté de moi.

La porte s'ouvrit et nous reçûmes notre ration. La femme qui distribuait le pain en jeta aussi une tranche à ma mère, qui avait l'air de dormir.

Ce soir-là, je mangeai deux tranches de pain.

Le lendemain fut pour moi le jour le plus fatigant de toute la marche. Ma mère était morte et toutes mes forces m'avaient abandonnée. Nous passâmes la nuit suivante dans une grange. Le foin et la paille dégageaient une horrible puanteur, mais promettaient de me réchauffer. Je m'enfouis dans le foin et plongeai dans un profond sommeil. Le lendemain matin, la colonne reprit sa marche.

Personne n'avait remarqué que j'étais encore sous le foin. Épuisée, je dormis toute la journée, jusqu'à la nuit suivante. Une voix me réveilla, qui disait en polonais : « Tu es presque morte, mais tu respires encore. »

J'ouvris les yeux. Un garçon en haillons était accroupi à côté de moi, un gobelet de lait à la main. J'en compris juste assez pour saisir qu'il se cachait ici. Il attendait, depuis un mois entier déjà, que les Russes arrivent et le délivrent.

Le garçon m'offrit un peu de son lait. Je goûtai – cela faisait si longtemps que mes lèvres n'avaient pas touché du lait. J'étais en train de boire goulûment lorsqu'il disparut soudain à nouveau. Il revint quelques minutes plus tard, une betterave à sucre à la main. Il la coupa en petits morceaux et me fit manger. Je sentais mon corps se rétablir lentement.

Après que j'eus repris quelques forces, le garçon partit. J'attendis encore un bon moment, mais il ne revint plus.

Je ne pouvais pas rester là. Moi aussi, je

devais me mettre en route. C'était une nuit de pleine lune. Le ciel était couvert d'étoiles. Je contemplai l'immensité des champs, écoutai le silence de la nuit, et commençai à marcher. Au lever du soleil, je me trouvai dans une clairière couverte de fleurs. « C'est le printemps ! » pensai-je, et je fis un bouquet.

Puis je continuai à avancer, au hasard, et je parvins à une voie de chemin de fer. Je suivis les rails, me disant qu'ils me mèneraient bien à un village ou à une ville. Le soleil tapait et je fus vite fatiguée. Je me couchai près des rails et m'endormis. Je me réveillai en sursaut et vis, à mon grand effroi, un soldat allemand penché sur moi, qui semblait très intrigué par mon apparence. Je portais des vêtements de prisonnier, j'étais décharnée et n'avais pas un cheveu sur la tête, et à côté de moi, il y avait un bouquet de fleurs des champs.

Je lui expliquai d'où je venais, et il me raconta qu'il avait déserté. Je compris qu'il ne me ferait pas de mal et oubliai ma peur. Il s'assit à côté de moi et sortit de sa sacoche du pain et une gourde de café. Nous mangeâmes ensemble. Il m'apprit que les Allemands avaient perdu les derniers combats et que la guerre serait bientôt finie. Il avait fui l'armée et cherchait un moyen de se débarrasser de son uniforme et de l'enterrer bien profondément. Il voulait se défaire de tout ce qui lui rappelait la guerre.

Depuis un bon moment déjà, je vivais au jour le jour, presque sans conscience du temps. Maintenant, le soldat m'apprenait qu'on était en avril, en avril 1945. L'année où la guerre allait prendre fin et où j'espérais rentrer à Prague. Nous nous souhaitâmes mutuellement bonne chance, puis chacun alla son chemin.

Je continuai en direction de la frontière tchèque. Dans la soirée, je croisai deux jeunes garçons tchèques qui me fixèrent d'un air étonné. Je devais ressembler à un squelette ambulant. J'avais les poignets et les chevilles comme des allumettes. Ils voulaient savoir d'où je venais. Quand je leur racontai quelques épisodes de ce que j'avais vécu, ils secouèrent la tête, incrédules. Ils devaient penser que j'avais tout inventé.

À nouveau je me retrouvais seule. La nuit, je dormais à la belle étoile et pendant la journée, je continuai à marcher. Je parvins à la lisière d'une forêt où il y avait une cabane abandonnée. Je m'approchai de la cabane, lorsque, soudain, quelqu'un cria: «Halte-là! Pas un geste!»

Devant moi se tenait un soldat allemand, son fusil à la main. Il demanda ce que je faisais ici. Je lui expliquai que j'avais pris du retard sur ma colonne et que je voulais la rattraper. Il se contenta de me lancer un rire sarcastique, chargea son fusil et me visa.

À cet instant, un deuxième soldat sortit de la cabane, posa la main sur l'épaule du premier et dit: «Ça serait dommage pour la balle, laisse-la donc partir, elle crèvera toute seule…»

Terrorisée à l'idée qu'ils puissent changer d'avis, je m'enfuis en courant.

J'arrivai à une rivière ; sur la rive opposée, il y avait un village. J'espérais y trouver refuge. Mais comment traverser une rivière qui semblait être très profonde ? Je cherchai une branche assez longue et sondai la profondeur de l'eau. Après quelques essais, je trouvai un gué.

La première maison à la porte de laquelle je frappai était le plus grand bâtiment du village. Comme personne ne répondait, j'ouvris avec précaution. Dans le vestibule il y avait une rangée de bottes parfaitement cirées, comme celles que portaient les soldats allemands. Sans même refermer la porte derrière moi, je courus le plus vite possible en direction des champs. Là, je perdis connaissance et tombai sur le sol.

Lorsque j'ouvris les yeux, je crus que je rêvais : j'étais dans un lit, en chemise de nuit. Près de mon lit, il y avait un homme et une femme que je ne connaissais pas. La main sur mon front, l'homme chuchotait à la femme : « Elle se réveille ! » La femme me fit manger quelque chose de sucré. En face de moi, il y avait une grande armoire ; derrière la vitre, je distinguais de la vaisselle en porcelaine. Quelqu'un d'autre dans la pièce dit en tchèque : « Ne lui donnez pas trop à manger, juste un peu de lait coupé d'eau ou de la bouillie ! » Cela devait être un médecin. Il me prit le pouls et dit : « Sinon elle n'a pas l'air malade. Mais elle est très faible. Qu'elle dorme beaucoup ! » Je ne pus le remercier qu'intérieurement. Je n'avais pas la force de parler.

Le lendemain matin, je vis le couple qui m'avait recueillie pousser une table dans la cuisine, puis ôter quelques lattes du plancher. C'était l'entrée d'une cachette où se trouvait un lit déjà fait. L'homme m'y descendit dans ses bras et me déposa sur le lit. D'une voix calme, il m'expliqua que lui et sa femme devaient aller travailler aux champs. Pour que personne ne me découvre durant leur absence, ils devaient me cacher. Il y avait toujours des soldats allemands aux environs du village, et les habitants avaient très peur de recueillir des réfugiés parce que c'était sévèrement puni par les occupants.

Me retrouvant seule, j'essayai de me rappeler comment j'étais arrivée dans cette maison. Encore plongée dans mes pensées, un nouveau problème se posa à moi : comment devais-je me présenter à mes hôtes ? Je ne voulais pas leur dire que j'étais juive, car j'avais peur qu'ils ne me chassent. Fatiguée de réfléchir, je me rendormis.

À midi, l'homme revint et me donna une soupe savoureuse. Quand je l'eus mangée, il me demanda doucement mon nom. Je répondis : « Eva », et fermai les yeux. Faisant semblant de dormir, je m'efforçais de trouver un nom de famille qui n'ait pas une consonance juive. Quel était donc celui de notre aide de maison tchèque, à Prague ? Je n'arrivais pas à m'en souvenir. Soudain me vint l'image de la rue que j'empruntais chaque jour pour aller à l'école. Il y avait là une grande et belle maison sur laquelle était apposée une plaque : Dr I. Karel. Je savais que ce Dr Karel, un médecin, n'était pas juif. Je décidai donc aussitôt de m'appeler comme lui et me sentis très soulagée – j'avais à nouveau un nom.

La nuit suivante, il y eut des bombardements. L'armée américaine continuait d'avancer et tirait sur les Allemands, qui étaient stationnés à proximité. Nous descendîmes tous dans l'abri antiaérien. On m'y porta sur les épaules, enveloppée dans une couverture. C'est seulement là que j'appris que mes sauveurs avaient une fille. Elle était assise à côté de sa mère et se cramponnait à elle en pleurant. Après tout ce que j'avais vécu, sa peur me parut exagérée. Tous ceux qui étaient là priaient car ils étaient catholiques pratiquants. La femme me donna un chapelet et me demanda de me joindre à leur prière. À nouveau, je fermai les yeux et me réfugiai dans le sommeil.

J'aimais beaucoup la famille Jahn. L'oncle – c'est ainsi que j'appelais l'homme – me raconta qu'il m'avait trouvée dans le champ, presque sans vie. Il m'avait déposée dans sa charrette, m'avait recouverte de trèfle et ramenée chez lui à Postrekov. Sa femme Ludmila parlait toujours très fort, ce qui m'inquiétait beaucoup au début. Mais sa gentillesse me rassura vite, et peu de temps après, j'étais habituée à sa manière de parler. Je devins rapidement très amie avec leur fille Vlasta. Oncle Jahn me traitait comme sa propre fille. Les bombardements avaient repris, et toutes les nuits il me descendait dans ses bras jusqu'à l'abri.

Un jour, je leur révélai mon identité – pas la véritable, mais celle que je m'étais forgée : Eva Karel, fille d'un médecin qui avait été envoyé en camp de concentration par les Allemands à cause de ses activités politiques. Ces braves gens croyaient chacune de mes paroles, et moi, je leur mentais effrontément.

Si Tu existes, Dieu, et si Tu as dû voir toutes les horreurs de cette guerre et des camps, Tu fermeras bien l'œil sur ce petit mensonge !

Tous les soirs, voisins et famille se retrouvaient chez l'oncle Jahn. Personne n'arrivait les mains vides. La sœur de tante Ludmila me confectionna une jolie robe. Une autre tante m'apporta un chemisier brodé, et je reçus aussi un foulard coloré dont je me couvris la tête, mes cheveux n'ayant pas encore suffisamment repoussé. Toutes les jeunes filles du village portaient des foulards, si bien que je n'attirais pas l'attention. Je passais les soirées en compagnie des Jahn et de leurs hôtes, mais pendant la journée, je restais cachée, puisqu'il y avait toujours un risque que les nazis me trouvent.

Un matin, Vlasta rentra tôt des champs. De ma cachette, je l'entendis crier : « Eva, Eva, tu peux sortir. Les Allemands sont partis, la guerre est finie ! »

Je me précipitai à l'extérieur et fus comme étourdie. Tous les habitants de Postrekov dansaient de joie. Un char américain orné de drapeaux traversa le village, et les soldats lancèrent du chocolat aux enfants. L'orchestre municipal joua, et le tambour me prit sur ses épaules. Ainsi, un joyeux cortège passa dans tout le village.

Après la fête, nous rentrâmes à la maison. J'étais triste et me mis à pleurer. Pour la première fois, après toutes ces années de guerre, mes larmes se mirent à couler. Je pleurai sur tous ceux qui ne sauraient jamais que la guerre était terminée. Je pleurai mon père et ma mère. Je pleurai parce que j'étais la seule survivante de ma famille ; j'étais la seule que le monstre n'avait pas pu anéantir. Je me sentais vaincue, et non du côté des vainqueurs.

Oncle Jahn ne comprenait pas pourquoi je pleurais. Il voulait me rassurer et disait : « Tout va s'arranger maintenant ! »

Je ne trouvais pas les mots pour lui expliquer ce que je ressentais.

Tous les matins, j'allais maintenant aux champs avec la famille Jahn. Oncle Jahn veillait à ce que je ne me fatigue pas trop et me portait sur ses épaules. Tous les jours, il examinait mes maigres chevilles pour voir si elles n'avaient pas un peu forci. Mi-plaisantant mi-sérieux, il proposait de me prêter ses pieds jusqu'à ce que je puisse à nouveau marcher normalement. J'adorais les champs, les fleurs sauvages et l'odeur fraîche du foin. Dans la mesure de mes forces, je participais aux travaux agricoles et aidais aussi tante Ludmila à la maison. Je m'efforçais de vivre comme tout le monde, mais la fatigue en moi était encore trop importante, et je dormais souvent et longtemps.

J'avais un appétit énorme. Après avoir été affamée si longtemps, je dévorais tout ce que tante Ludmila nous servait. Je beurrais même les tartines des deux côtés.

Une fois par semaine, tante Ludmila pétrissait la pâte pour cinq grandes miches de pain, qu'elle emportait ensuite au four public au bout du village. Elle mettait la pâte au four et rentrait. Vlasta ou moi allions, un peu plus tard, chercher le pain tout chaud dans un grand panier et le rapportions à la maison.

Je me souviens avoir un jour glissé et être tombée. Deux des pains roulèrent du panier dans la boue. Terrifiée, je ne savais plus que faire. Là-dessus, une voisine sortit de chez elle et demanda : « Que s'est-il passé ? » Elle me regarda et ajouta : « Mais tu es la petite qui habite chez les Jahn. » Quand elle vit le pain sali, elle retourna dans la maison et en ressortit avec deux nouvelles miches semblables à celles que j'avais fait tomber. « Tiens, prends ça, dit-elle, et à l'avenir, fais plus attention ! »

Après tout ce que des inconnus nous avaient infligé, à moi et à ma famille, je n'arrivais pas à croire que ces villageois soient si bons envers moi.

Souvent le soir, je me joignais à Vlasta et à ses amies. J'aimais bien aller me promener avec elles, mais je n'ai jamais eu le sentiment de vraiment faire partie du groupe. Elles riaient à propos de choses que je ne trouvais pas du tout amusantes et leurs soucis n'étaient pas les miens.

Un jour à la fin de l'été, oncle Jahn s'assit près de moi et déclara d'un air grave qu'il fallait que je retourne à l'école. Pour moi, cela n'allait pas de soi. Après une si longue période de souffrance et d'instabilité, je ne me voyais absolument pas me concentrer à nouveau sur les études et reprendre une vie d'écolière. L'année scolaire venait de commencer, mais je ne savais pas ce que je voulais vraiment. À bien y réfléchir, en fait, je n'avais aucune idée de ce que je voulais faire de ma vie.

Un peu plus tard, oncle Jahn apprit qu'à Prague, il y avait une liste avec les noms des survivants. Il me proposa de m'y faire inscrire. Après tout, disait-il, je n'avais pas été témoin de la mort de mon père ; peut-être celui-ci comptait-il parmi les survivants ! Le moment était donc venu de dévoiler la vérité à mes sauveurs et de leur dire mon vrai nom. Je leur expliquai pourquoi j'avais donné un faux nom de famille : par peur qu'ils ne me chassent parce que j'étais juive. Ce à quoi oncle Jahn répondit : « Comment as-tu seulement pu penser cela de nous ! » Mais il n'était pas vexé ; son attitude et celle des autres envers moi ne changèrent pas le moins du monde après cet aveu.

Un jour – nous étions à table –, une voisine entra dans la maison et raconta qu'une femme inconnue était arrivée au village et nous cherchait. Oncle Jahn la fit venir. Il s'avéra que cette femme était une parente : c'était l'épouse de mon oncle Ernst. En cherchant le nom de son mari sur la liste des survivants elle était tombée sur le mien.

L'oncle Ernst était le frère de ma mère. Enfant déjà, il était connu pour être un grand taciturne. Adulte encore, il se distinguait plus par des actes que par des paroles. En tant qu'aîné des trois frères, il avait hérité de l'usine de chaussures de son père, mon grand-père. L'oncle Ernst avait épousé Ilona, la fille de l'instituteur du village. Dans la famille, personne ne lui avait tenu rigueur de ce mariage avec une femme qui n'était pas juive. Mais tante Ilona était fière et arrogante. Elle n'était donc pas très aimée. Elle et l'oncle Ernst avaient deux fils, Georg et Karl. Au fil des années, Ernst et Ilona avaient construit, dans le parc de la maison paternelle, une villa avec une petite piscine. L'oncle Ernst avait agrandi l'usine de chaussures et amélioré les conditions de travail des employés. Il était toujours prêt à rendre service, tout le monde l'appréciait donc beaucoup.

Aussitôt après l'entrée des Allemands en Tchécoslovaquie, les occupants arrivèrent aussi dans son village. Sa vie et ses biens étaient menacés. Pour déjouer les plans de la Gestapo, il divorça, dans le seul but que sa femme puisse continuer, en tant que non juive, à gérer les biens de la famille. Lui-même se cacha dans les bois, qu'il connaissait bien depuis son enfance. Là, il se nourrit de plantes et de gibier, aidé par le berger du village, qui habitait également dans la forêt.

Un an et demi après son départ de la maison, les autorités d'occupation se mirent à le rechercher, quelqu'un leur ayant révélé l'endroit où il se cachait. Mais l'oncle Ernst dupa une nouvelle fois ses poursuivants en simulant la noyade dans un lac près du village. Sur le rivage, on retrouva ses vêtements et ses papiers. Les nazis n'y virent que du feu et interrompirent leurs recherches. Quelque temps plus tard, on décida d'assécher le lac, et l'on se souvint qu'il devait y avoir, au fond, les restes du corps du noyé. Ne trouvant rien, les nazis comprirent qu'on les avait trompés. Ils reprirent leurs recherches et le découvrirent finalement dans la forêt. L'oncle Ernst fut emprisonné à Theresienstadt, dans la funeste « Petite forteresse ».

Pendant la guerre, cette vieille forteresse servait de prison, et les gardiens y étaient particulièrement cruels. Peu de prisonniers y survécurent jusqu'à la Libération. Mais même les traitements inhumains dans cette prison ne parvinrent pas à briser la volonté de vivre de mon oncle. Il donnait même du courage aux autres prisonniers, les exhortait à faire de l'exercice tous les jours et à conserver un reste de dignité humaine. Pour les gardiens, ce comportement était une provocation. Dans leur rage, ils les assassinèrent, lui et tous ses amis. Nous ne l'apprîmes qu'un an et demi après notre arrivée à

Theresienstadt. Un des prisonniers du ghetto, parmi ceux qui travaillaient dans la « Petite forteresse », en fit sortir en fraude plusieurs billets sur lesquels mon oncle avait consigné ses souvenirs depuis le début de l'occupation allemande. À l'époque, je me suis demandé à maintes reprises pourquoi les nazis s'étaient donné tant de mal pour anéantir un seul Juif.

Dès le premier instant, tante Ilona me fut antipathique, je ne voulais en aucun cas partir avec elle. L'oncle Jahn n'était pas d'accord. Il m'emmena dans la pièce voisine et m'expliqua que tante Ilona ne me voulait que du bien. Puis il ajouta : « Mais si tu veux quand même revenir, notre porte te sera toujours ouverte. » Cela me convainquit.

Tante Ludmila rassembla mes affaires, et, à nouveau, il fallut prendre congé. Je n'arrivais plus à parler, j'avais la gorge serrée et ne cessais de pleurer. Oncle Jahn, tante Ludmila et Vlasta me quittèrent à la gare. J'avais le cœur gros. Les dernières années, les voyages en train m'avaient toujours menée vers des souffrances. Qu'est-ce qui m'attendait, cette fois-ci ?

Tante Ilona habitait dans la nouvelle villa que l'oncle Ernst avait fait construire à côté de la maison de ma grand-mère. Je me retrouvais donc là où les premiers souvenirs d'enfance s'étaient gravés dans ma mémoire. Ma grand-mère, elle, était morte avant la guerre. La villa avait trois étages et de nombreuses pièces. Je suivis ma tante jusqu'au troisième étage où elle me conduisit dans une pièce froide. Il y avait une table, deux chaises, une armoire et un lit. Ce serait désormais ma chambre, dit-elle. Triste et très fatiguée, je m'étendis sur le lit et m'endormis aussitôt, tout habillée.

Je me levai tôt le lendemain matin. Tante Ilona était déjà dans la cuisine avec ses deux fils, Karl et Georg, le premier âgé de vingt ans, le second de seize. Tante Ilona me servit une tasse de café et m'expliqua que dès le lendemain, je devrais préparer mon petit-déjeuner moi-même, car elle partirait tôt de la maison. Voilà donc l'« accueil chaleureux » que l'on me réservait! Je me mis à table, mais ne trouvai rien à dire. Mon regard tomba sur mes deux cousins, et je vis qu'ils m'observaient. Leur présence m'embarrassait. Le petit-déjeuner terminé, ils se levèrent et s'excusèrent parce qu'ils avaient des examens à préparer. Les portes se refermèrent derrière eux. Au même moment, tante Ilona quitta elle aussi la maison sans m'adresser une seule parole. Je restai seule dans cette grande maison et je ne savais pas quoi faire.

J'errai à travers les pièces. Dans la salle à manger, il y avait une grande table autour de laquelle étaient placées vingt-quatre chaises. Le tapis était roulé de l'autre côté de la pièce. Mon regard tomba sur un buffet aux portes sculptées. Je les ouvris et reconnus, au milieu de la porcelaine, une partie de la vaisselle de chez mes parents à Prague. Tout était très poussiéreux. On voyait bien que personne ne s'occupait vraiment du ménage. Je me retrouvai ensuite dans la bibliothèque, également très poussiéreuse. Je furetai dans les rayons et optai finalement pour un livre qui s'appelait *Autant en emporte le vent*. Il était très épais, mais j'avais aussi beaucoup de temps.

Le livre à la main, j'allais dans le verger. Les pommes rouges me souriaient. J'en cueillis une, mordis dedans, et me rappelai alors qu'il me manquait deux incisives.

Le chemin qui traversait le verger menait à la maison de ma grand-mère. Il y avait toujours le vieux marronnier, mais c'est en vain que je guettai mon vieil ami le corbeau. Lui aussi était vraisemblablement mort pendant la guerre.

J'entrai dans la maison, qui semblait inhabitée. Lorsque mes yeux se furent habitués à la pénombre, je distinguai, au premier étage, une vieille dame dans un fauteuil roulant. À côté d'elle, il y avait tante Ilona. Je compris aussitôt que la vieille dame devait être sa mère. Elle avait emménagé dans la maison pendant la guerre pour faire valoir des droits de propriété.

La porte de la chambre était ouverte. Mon regard y pénétra et je vis que le vieux lit était toujours là. Mais sur l'armoire, il n'y avait plus de pommes odorantes.

Tante Ilona me demanda si j'avais besoin de quelque chose. Mais je n'avais besoin de rien. J'étais seulement entrée « comme ça ». Pour ne pas repartir sans rien dire, je lui demandai où était le cabinet du dentiste. Elle m'expliqua le chemin, et je décidai de m'y rendre sans tarder.

Une fois dehors, je descendis machinalement les marches qui menaient à l'usine de chaussures. Cet escalier, c'est mon grand-père qui l'avait fait poser, pour s'épargner le détour à travers le jardin. Je fus accueillie par l'odeur du cuir. Une personne familière vint à ma rencontre en souriant – Joseph ! Joseph, le cocher qui venait nous chercher à la gare à chacune de nos visites ! Maintenant il travaillait dans l'usine. À nouveau, il me prit dans ses bras vigoureux, m'embrassa sur les joues et ne relâcha pas son étreinte avant que j'accepte de venir chez lui pour le déjeuner.

Sa femme Anna, très émue, me serra elle aussi contre son cœur quand j'arrivai, et s'empressa de mettre la table. J'eus l'impression qu'elle me servait tout ce qu'il y avait à manger dans la maison. Pendant le repas, tous les deux me posaient question sur question sur ce qui m'était arrivé durant toutes ces années de guerre. Je sentais un véritable intérêt de leur part. Ces deux vieilles personnes m'accordaient leur entière attention. J'avais grand besoin de chaleur et d'affection, et c'est dans cette maison que je les trouvai. Je répondis à toutes les questions et racontai le plus de choses possible.

L'après-midi, j'allai voir le dentiste. Lui aussi me reçut très chaleureusement. Avant la guerre, il avait bien connu ma mère. Il me soigna gratuitement. Quand il eut fini, il me tendit un petit miroir. Je ne m'étais pas regardée dans un miroir depuis longtemps. Et là je découvris avec joie que mes cheveux avaient repoussé un peu et que j'avais deux dents neuves dans la bouche. J'étais satisfaite – je ne me trouvais pas si mal.

Le lendemain, j'allai avec tante Ilona m'inscrire à l'école. La directrice était un ancien professeur de ma mère. Elle me parla longuement de Maman et me fit comprendre qu'elle espérait trouver en moi une aussi bonne élève que ma mère. Je ne pus retenir mes larmes.

Avant la guerre, je n'étais allée à l'école que quatre ans, et maintenant, je me retrouvais en 4e. J'avais du mal à m'habituer à des cours réguliers. Tout était si étrange pour moi. Mes camarades ne m'intéressaient pas. Je n'arrivais à me lier d'amitié avec aucun d'entre eux. Ils étaient bien plus forts que moi en calcul, en grammaire et dans les autres matières. Pourtant à mes yeux, ils étaient puérils et immatures. Des expériences radicalement différentes nous séparaient.

Ma seule amie, à l'époque, était Vera, la fille de Joseph et Anna. Elle avait quatre ans de plus que moi. Je trouvais en Vera quelqu'un avec qui parler et je passais de longs moments chez elle. Joseph, Anna et Vera m'accueillaient avec amour. C'est là que j'ai retrouvé mon assurance et que j'ai pu aussi donner de l'amour en retour. Tante Ilona disait parfois que cela ne se faisait pas de passer des jours entiers « chez des étrangers ». Elle ne comprenait pas pourquoi j'allais là-bas.

Je ne pouvais pas lui expliquer que j'avais trouvé chez Joseph et Anna ce qu'elle n'était pas en mesure de m'apporter.

Tante Ilona était une femme dure. Je me souviens encore aujourd'hui combien elle a pu me blesser avec ses remarques. Il m'arrivait parfois de trouver une tablette de chocolat sur la table de la cuisine. La tentation était trop forte, j'en prenais un morceau. Tante Ilona s'en apercevait. Un jour, elle me surprit dans la cuisine et me dit froidement : « Si tu continues à manger tant de chocolat tu vas perdre encore plus de dents. »

Je ne pus m'empêcher de rire et lui racontai comment j'avais perdu mes deux dents de devant.

Elle me regarda bizarrement et répondit: «Ma petite, j'ai l'impression que tu as une imagination un peu maladive.»

À cause de cette remarque, je ne lui ai plus jamais rien raconté de ce que j'avais vécu.

Pendant mon temps libre, j'errais à travers la maison et je fis ainsi plus d'une découverte. Une porte fermée à clé m'intriguait particulièrement. Un jour, j'ai osé l'ouvrir. Je trouvai une pièce servant de débarras, aux volets fermés. Cela sentait la poussière. Mes yeux s'habituèrent lentement à la pénombre et je distinguai toutes sortes d'ustensiles usagés, de vieux jouets, des livres d'enfant et des journaux éparpillés sur le sol.

Dans un coin, je découvris un album de photos. Curieuse, je l'ouvris et eus aussitôt le souffle coupé... Sur l'une des photos, Papa et Maman me regardaient. À côté, il y avait une autre photo, de moi avec ma poupée Hannah, et encore une de Papa et Maman en excursion. Je tournai les pages, encore et encore, il y en avait beaucoup d'autres... De ces photos émanait un bonheur passé. J'avais trouvé un trésor, un véritable trésor!

À côté de l'album, je trouvai le poudrier en résine de Maman, celui que Papa avait fabriqué. Serrant fort contre moi album et poudrier, je retournai dans ma chambre, les larmes aux yeux. Je fermai la porte à clé derrière moi et m'abandonnai au rêve d'un monde peuplé de souvenirs heureux.

Mon antipathie envers la famille de tante Ilona grandissait. Un jour pendant le déjeuner, nous écoutions la *Neuvième Symphonie* de Beethoven à la radio. Mes deux cousins marquaient le rythme de la tête et sifflaient la mélodie. Naïvement, je demandai le titre de l'œuvre. Les garçons se tordirent de rire, déclarant que mon ignorance était consternante. Ne pouvant plus rien avaler, je me levai, allai dans ma chambre et fermai la porte à clé derrière moi.

Je voulais partir d'ici. Mes cousins avaient

vécu toutes ces années dans cette belle maison, et maintenant ils me reprochaient de n'avoir pas eu de cours de musique à Auschwitz ! Ah, comme j'aurais voulu les envoyer tous les deux – rien qu'une semaine – dans cet endroit terrible, pour qu'ils éprouvent dans leur chair ce que cela signifie de vivre dans l'ombre de la mort. Pourquoi tante Ilona ne m'avait-elle donc pas laissée à Postrekov, chez l'oncle Jahn ! Je n'avais plus qu'une idée en tête : partir ! Mais pour aller où ?

Je me confiai à Vera, Anna et Joseph, qui me comprenaient. Ils ne connaissaient que trop tante Ilona et s'imaginaient bien ce qu'était ma vie dans cette maison. Joseph alla trouver la communauté juive la plus proche et demanda s'il existait une possibilité de me venir en aide. Il revint avec une bonne nouvelle : la communauté m'accordait une aide mensuelle de trois cents couronnes jusqu'à la fin de ma scolarité. Nous apprîmes aussi qu'il y avait à Prague un orphelinat pour les enfants juifs survivants.

Quelques semaines plus tard, Joseph parvint à tromper ma tante. Sur sa demande, elle m'autorisa à aller en ville, au cirque, avec lui et Vera. Le spectacle m'enthousiasma ; et puis c'était aussi ma première vraie sortie depuis la fin de la guerre. Mais en fait, le cirque n'était pas la véritable raison de notre déplacement. Après le spectacle, nous nous rendîmes au bureau de la communauté juive où je fis une demande d'inscription à l'orphelinat.

Heureuse, je regagnai ma chambre, chez ma tante. Maintenant, je savais qu'il existait un endroit pour moi, meilleur que celui-ci. Et que j'irais là-bas, une fois l'année scolaire terminée. Bien sûr, mon avenir était toujours très incertain, car je ne savais absolument pas ce que j'allais devenir. Mais le pire, en tout cas, était derrière moi, pensais-je pour me consoler. À quinze ans, j'avais déjà tout traversé, vraiment tout ! L'avenir qui m'attendait ne pouvait qu'être meilleur.

Je me mis à compter les jours jusqu'au

départ. Encore cinq mois, et une nouvelle vie commencerait pour moi, à Prague.

Pendant ces mois d'attente, je lus beaucoup, entre autres *Crime et Châtiment* de Dostoïevski et *Guerre et Paix* de Tolstoï. Je lisais souvent au lieu d'apprendre mes leçons. Cependant, j'obtenais d'assez bons résultats à l'école, mais j'avais perdu tout intérêt pour l'histoire tchèque. Je ne me sentais plus appartenir au peuple tchèque et ma soif d'apprendre diminuait. À l'école, on se montrait compréhensif et pas trop exigeant avec moi.

À ma surprise, et surtout à celle de tante Ilona, j'obtins, à la fin de l'année scolaire, un bulletin vraiment bon. Malgré cela, tante Ilona voulait maintenant m'interdire de continuer à « gaspiller » mon temps à lire des livres. Elle me demanda avec insistance de chercher du travail, sans quoi – Dieu nous en préserve –, je prendrais des habitudes de paresseuse. Je riais sous cape, sachant qu'elle serait débarrassée de moi dès le lendemain, et que moi, je ne serais plus jamais obligée de la revoir.

Le train pour Prague partait à six heures, l'après-midi. J'avais encore cinq heures pour me préparer au voyage. Je déjeunai avec la famille, veillant bien à ne pas montrer l'excitation qui m'avait envahie. Après le repas, je fourrai le peu d'affaires qui m'appartenait dans le sac de voyage que tante Ludmila m'avait donné à Postrekov. Mon bien le plus précieux était l'album de photos ; sinon, je n'étais pas devenue plus riche, et le sac suffisait.

Puis il fallut prendre congé de Joseph et de sa famille. Anna me reçut avec son affection habituelle. Elle quitta la pièce un instant et revint avec un cadeau d'adieu pour moi, une robe marine faite d'une jupe plissée et d'un chemisier, à la dernière mode. Débordante de joie et de gratitude, je serrai Anna dans mes bras et restai ainsi jusqu'à ce que Joseph prît la parole : « Mais il manque encore quelque chose pour que la joie soit complète. » Il ouvrit une boîte et en sortit une magnifique paire de sandales blanches qu'il avait faites lui-même. Submergée par l'émotion, je me mis à pleurer. Finalement, je fis mes adieux à cette famille que j'avais prise en si grande affection, et Joseph dut me promettre de me rendre visite à Prague bientôt.

Une dernière fois, je retournai dans la maison de la tante. Évitant de faire le moindre bruit, je pris mon sac et descendis l'escalier sur la pointe des pieds. J'entendis tante Ilona se disputer avec ses fils, mais cela ne me regardait déjà plus. Avec mes sandales neuves, c'était comme si mes pieds avançaient tout seuls. Je jetai un coup d'œil en arrière pour m'assurer que personne ne m'avait vue partir. Par le portail du jardin, je rejoignis la rue, courus à la gare et achetai un billet pour Prague. À côté de la gare, il y avait un marchand de glaces. Savourant pleinement ce nouveau sentiment de liberté, je m'achetai un grand cornet et m'installai à la fenêtre du compartiment.

Il était dix heures du soir quand j'arrivai à Prague. Dans la gare, on se bousculait, et même dans les rues, il y avait encore foule.

Où vont donc tous ces gens, me demandais-je. Visiblement, chacun va vers une destination bien précise. Tous connaissent les lieux, il n'y a que moi qui hésite et ne sache pas où aller… Et pourtant, c'est ma ville natale…

Des tramways, faisant retentir leur sonnerie, partaient dans toutes les directions. Après avoir erré un certain temps, je trouvai enfin un policier qui m'expliqua comment aller à l'orphelinat. J'avais noté l'adresse : 30, rue de Belgique, Prague 12. C'est la ligne 20 qui y menait ; je l'attendis quelques minutes. Puis je montai. Par la fenêtre, je voyais des rues et des maisons qui me semblaient familières.

Lentement, les souvenirs revenaient. Là, il y avait le grand musée où j'étais allée plusieurs fois avec mon père, ici, la grande place avec le monument, le superbe cheval monté par un cavalier couronné en train de dégainer son épée… Les souvenirs se précipitaient. Il y avait cinq longues années, j'avais été heureuse ici – avec Papa et Maman ! Les rues et les maisons sont toujours là, inchangées, mais Papa et Maman ne sont plus là.

Plongée dans mes pensées tristes, j'aurais presque oublié de descendre au bon arrêt. Je trouvai rapidement l'orphelinat, un grand bâtiment plutôt laid. Comme il était déjà tard, les portes étaient fermées. Je sonnai et entendis des pas s'approcher. Un portier endormi me fit entrer sans me demander quoi que ce soit.

Je montai l'escalier et entrai dans une grande pièce que meublaient un canapé, une table et de nombreuses chaises. Accroché au mur au-dessus de la table, il y avait un tableau représentant un paysage ; je le regardai et n'en crus pas mes yeux : c'était le tableau qui se trouvait chez nous dans le salon ! Comment était-il donc arrivé là ?

« Es-tu Eva ? » me demanda une femme qui était entrée sans que je m'en aperçoive. « Je m'appelle Magda », dit-elle pour se présenter. Elle me conduisit dans le bureau et nota les renseignements me concernant. Puis elle m'emmena jusqu'à ma chambre, où se trouvaient déjà deux jeunes filles, qui étaient en train de lire, allongées sur leurs lits. Elles s'appelaient Anke et Martha.

J'avais l'impression de connaître Martha, et il s'avéra que nous nous étions en effet rencontrées, une première fois à Theresienstadt, puis, plus tard, à Auschwitz. Elle avait eu six frères mais, comme moi, elle était la seule de sa famille à avoir survécu. Nous étions toutes deux contentes de nous revoir. Elle libéra pour moi une étagère dans l'armoire, m'aida à ranger mes affaires et fit mon lit. Il était presque minuit lorsque nous nous couchâmes. Cette première nuit à Prague, je dormis à poings fermés.

Une cinquantaine d'adolescents habitaient l'orphelinat, les filles au deuxième étage, les garçons au premier. Le lendemain matin au petit-déjeuner, je fis la connaissance d'un grand nombre d'entre eux. Ils étaient presque tous plus âgés que moi, mais nous avions un passé commun. Nous étions tous les derniers survivants de nos familles, nous avions tous vécu des choses épouvantables, et c'est justement ce qui poussait chacun de nous à retrouver une vie normale.

Après le petit-déjeuner, Martha m'invita à l'accompagner à l'école d'infirmières où elle s'inscrivit pour l'année scolaire suivante. Influencée par sa décision, je m'y inscrivis moi aussi. En chemin, je m'arrêtais devant chaque vitrine et chaque panneau d'affichage, sidérée par tout ce qu'offrait la grande ville en matière d'art et de distractions. Nous décidâmes d'acheter des billets pour *La Fiancée vendue* de Smetana, qui se jouait à l'Opéra national. Dorénavant, nous sortîmes presque tous les jours, au cinéma, au théâtre, au musée, ou bien nous allions simplement nous promener pendant des heures à travers la ville. Nous voulions profiter pleinement des vacances d'été. Mais au bout d'un mois, à force d'impressions emmagasinées si avidement, nous étions assez fatiguées. De plus, la chaleur, en ville, devenait insupportable ; nous décidâmes donc de partir à la campagne.

Nous partîmes dans un village non loin de

Prague, où M. Fiala, une connaissance de Martha, avait une épicerie. Dans l'appartement de M. Fiala, juste au-dessus de la boutique, cela sentait bon les épices et les fruits séchés. Il avait préparé pour nous deux chambres et était content que nous l'aidions au magasin. Comme il était célibataire, il profita de l'occasion pour aller voir sa sœur. En son absence, nous le remplaçâmes.

Nous nous sentions un peu propriétaires de la boutique. Nous faisions des pyramides de fruits pour attirer le regard des clients. Et quand nous avions envie de grignoter quelque chose, nous pouvions nous servir à volonté. La boutique de M. Fiala était pour nous un paradis. Les clients le sentaient bien, eux aussi, qui venaient nombreux voir ces deux jeunes filles « qui avaient traversé l'enfer et souriaient encore ».

Deux jours avant la rentrée scolaire, nous retournâmes à Prague, bronzées et bien reposées. Le service à l'hôpital commença en même temps que les cours. À côté, je trouvais encore du temps pour lire quelques bons livres. J'appris bientôt à répartir mon temps entre travail, lecture, études et sommeil.

Un jour, je rendis aussi visite au chimiste auquel on avait attribué, à la place de mon père, les droits de propriété pour l'invention de la résine artificielle. Il m'apprit que mon père et lui avaient eu le temps, avant que la guerre n'éclate, de monter une usine où l'on fabriquait des objets en résine. Pendant la guerre, ce chimiste avait dirigé l'usine seul, et, comme mon père n'était pas revenu, il en était à présent l'unique propriétaire. Sans que je le lui demande, il me donna une partie de l'argent qu'il avait reçu avec les honneurs qui auraient dû revenir à mon père. Il m'offrit également de contribuer financièrement à ma formation professionnelle. Je l'en remerciai, mais n'acceptai pas son offre.

Pendant ma formation d'infirmière, j'entendis parler d'une nouvelle idée qui me passionna, et je m'efforçai d'en apprendre davantage. Cette idée, c'était Israël. Je m'intéressais à la vie de ceux qui étaient partis pour la Palestine, le pays des ancêtres, afin de participer à la construction d'un État juif. Je rejoignis bientôt un groupe de jeunes gens et jeunes filles que la même idée absorbait, et, le vendredi soir, nous discutions souvent pendant des heures de l'actualité du moment. C'est surtout la vie dans les *kibboutzim* qui nous intéressait, ces villages collectifs avec leur nouveau mode de vie fondé sur les principes de communauté et de fraternité. L'un des membres de notre groupe connaissait l'hébreu, et il nous enseigna cette langue.

Le 15 mai 1948, nous nous réunîmes dans les locaux de la communauté juive de Prague et écoutâmes la déclaration d'indépendance de l'État d'Israël retransmise à la radio. Enthousiastes, nous regardâmes un documentaire sur le jeune État dans un pays vieux comme le monde. Beaucoup de Praguois participèrent à une fête donnée pour l'occasion, et là, je retrouvai Peter, notre chef de groupe à Theresienstadt – le passeur de cerises.

Lorsque je rentrai de l'hôpital, le lendemain, quelqu'un m'attendait à la maison : Peter. Il m'invita au cinéma, et puis nous nous vîmes presque tous les jours. Nous étions tombés amoureux et nous décidâmes bientôt d'émigrer ensemble en Israël pour y commencer une nouvelle vie, – notre vie.

Pour l'instant, c'était encore un rêve. Il nous fallut des mois pour réunir tous les documents et certificats nécessaires pour quitter la Tchécoslovaquie. Mais le jour tant attendu arriva.

Nous prîmes le train pour Paris, et de là, pour Marseille où nous embarquâmes sur le bateau qui devait nous mener en Israël. Le troisième jour, il y eut une forte tempête. Le bateau était balancé par la houle comme une coquille de noix. De hautes vagues inondaient le pont. À notre soulagement, la tempête s'apaisa au bout de quelques heures et le ciel s'éclaircit. Le sixième jour du voyage, nous aperçûmes devant nous la baie de Haïfa.

Le bateau entra lentement dans le port. Tous les passagers étaient sur le pont et regardaient, fascinés, la ville magnifique au pied du mont Carmel.

Notre rêve était devenu réalité.

À côté de moi sur le pont, Peter me chuchota à l'oreille : « Ici, dans l'un de ces villages, je construirai une petite maison, tout entourée de fleurs, comme tu les aimes. Dans cette maison, nous élèverons des enfants auxquels des souffrances comme celles que nous avons dû endurer seront épargnées ! »

Près de vingt ans plus tard, en août 1966, un voyage en Europe me conduisit aussi à Postrekov.

À cette époque, j'étais déjà mère de deux grands enfants, Daniela et Alon, auxquels Peter et moi voulions, à l'occasion de ce voyage, montrer l'Europe. C'était la première fois que nous y retournions depuis notre immigration en Israël. Nous parcourûmes de longues distances en voiture, très impressionnés par les paysages changeants qui s'offraient à nos yeux. Au Danemark, nous rendîmes visite à des amis qui, comme nous, faisaient partie des survivants de Theresienstadt, et nous partîmes ensuite avec eux presque trois semaines à travers la Scandinavie. De là, nous voulions terminer notre voyage en Europe par la visite de Venise.

Lors d'une halte à Berlin, nous allâmes voir le Mur qui coupait la ville en deux, Berlin-Est et Berlin-Ouest. Là, il nous revint à l'esprit que la Tchécoslovaquie n'était qu'à quelques heures de voiture. Comme attirés par une force invisible, nous prîmes la route en direction de notre ancienne patrie. Sans autres préparatifs et sans les visas nécessaires, mais dans une excitation croissante, nous nous en rapprochions.

En RDA, nous empruntâmes une autoroute bordée de chaque côté par des barbelés. Il y avait partout des gens armés en uniforme. Plusieurs fois, notre voiture fut arrêtée et inspectée avec méfiance. Nous eûmes peur et regrettâmes presque notre décision, prise dans la précipitation.

Seul Peter n'en démordit pas. Une Volga russe roula un long moment à notre hauteur. Les deux occupants du véhicule nous fixaient d'un air menaçant, puis soudain, ils continuèrent sans plus s'occuper de nous.

Nous arrivâmes à la frontière tchèque à Zinnwald, et Peter entra dans le poste de douane. Il revint accompagné de deux douaniers tchèques d'un certain âge qui nous saluèrent aimablement. Ils se déclarèrent prêts à nous délivrer les visas d'entrée qui nous manquaient, pour une durée de vingt-quatre heures. Pour cela, nous dûmes néanmoins payer une somme rondelette. Les douaniers nous offrirent du café et nous recommandèrent un petit hôtel près de la frontière, où nous commençâmes par nous reposer.

Le lendemain, nous arrivâmes à Prague et montrâmes à nos enfants les lieux de notre propre enfance. Du pont Charles, nous regardâmes la Moldau. En bas, le fleuve aux eaux boueuses – dans mon souvenir, il était bien plus grand – coulait paresseusement.

Nous allâmes aussi à Theresienstadt. Du ghetto, rien n'était plus visible. Theresienstadt était devenu Terezín, une vieille petite ville grise.

À Prague, notre autorisation de séjour fut prolongée sans difficulté. Nous nous rendîmes donc aussi à Pilsen, la ville natale de mon père. La région m'était familière. Je savais que le village où habitaient les gens qui m'avaient sauvée ne devait pas être très loin. Nous demandâmes des renseignements à plusieurs personnes, et finalement, on nous indiqua le chemin. Nous pûmes déposer nos bagages dans un petit hôtel à Domažlice. Enfin, nous roulâmes le long de grands champs de maïs en direction de Postrekov. Nous nous arrêtâmes dans l'unique rue du village et descendîmes de voiture…

Je ne savais pas vers quelle maison me diriger. Vingt ans, c'est long, et les maisons se ressemblaient toutes beaucoup. J'entrai en hésitant dans la première, mais je ne reconnus pas les habitants. Je demandai où habitaient les Jahn et évoquai aussi la jeune fille réfugiée qui avait vécu chez eux vers la fin de la guerre. Les gens se rappelaient mon nom, mais ne me reconnaissaient pas. Ils me montrèrent la maison des Jahn, juste en face.

Là, j'ouvris le petit portail en bois, qui grinçait encore, comme à l'époque. Et déjà un homme grand arrivait d'un pas sûr: en vingt ans, oncle Jahn avait à peine changé. Il me scruta d'un air interrogateur, et soudain il s'écria: «Notre Eva!»

Nous nous embrassâmes longuement, incapables de dire un mot, tant nous étions émus. Puis Peter et les enfants nous rejoignirent. Tante Ludmila et Vlasta n'étaient pas à la maison. Comme c'était bientôt la fête de la récolte, elles faisaient des gâteaux. Tout le village était en effet chez les voisins et préparait pour cette journée des *kolatsches*, des gâteaux fourrés au pavot, à la compote de prunes, aux pommes ou au fromage blanc.

Oncle Jahn nous accompagna chez le voisin, et dans le jardin, les deux femmes vinrent à notre rencontre. Tante Ludmila avait toujours sa voix puissante et cria très fort dans tout le village : « Regardez donc qui est là ! Eva, notre Eva est venue nous voir ! » La nouvelle de notre arrivée se répandit comme une traînée de poudre, et tous les habitants de Postrekov accoururent.

Nous dînâmes de pain maison, de beurre, de lait et de gâteau. Tout était frais, comme d'habitude. Chacun parlait et racontait, presque sans reprendre haleine. Puis oncle Jahn relata encore une fois par le menu comment il m'avait trouvée, vingt ans auparavant. Je ne me souvenais que vaguement des détails et parfois je ne savais pas si j'avais vraiment vécu cette histoire ou si je l'avais seulement rêvée. Mais oncle Jahn nous montra aussi la charrette dans laquelle il m'avait transportée à l'époque. Elle se trouvait toujours dans la cour.

À force de récits et de réjouissances, il se fit très tard. Malgré l'invitation chaleureuse de nos hôtes, nous ne voulions pas passer la nuit au village, afin de ne pas leur attirer d'ennuis.

En effet, les autorités n'aimaient pas que des étrangers dorment chez les particuliers. Mais nous promîmes de revenir passer la journée du lendemain avec eux.

Le lendemain matin, tout Postrekov se réunit chez les Jahn et l'orchestre du village joua des marches et de vieilles chansons populaires. Ce jour-là au village, personne ne sembla travailler.

Nous allâmes voir l'endroit où oncle Jahn m'avait trouvée, à l'époque, ainsi que la grande maison de l'état-major allemand. Nous marchâmes à travers champs. Oncle Jahn raconta à Peter et aux enfants combien mes bras et mes jambes étaient maigres, alors, et que partout où l'on m'allongeait, je m'endormais aussitôt.

Pendant ce temps-là, j'étais plongée dans mes pensées. Rien, ici, n'avait changé : le champ, l'odeur du foin fraîchement coupé, le bourdonnement des abeilles. Lorsque j'avais traversé ce champ en courant, il y a vingt ans, j'étais une pauvre enfant complètement seule au monde. Et maintenant je revenais ici avec une famille. Assis à côté d'oncle Jahn, mes enfants écoutaient attentivement ce qu'il racontait. Pour eux, tout cela était une sorte de conte irréel, dont la plus grande partie était inimaginable.

Nous nous rendîmes aussi à l'église où j'allais à la messe tous les dimanches avec les Jahn, du temps où je dissimulais encore le fait que j'étais juive. Les chaussures du dimanche étaient si étroites que, sur le chemin du retour, je préférais marcher pieds nus.

Il y avait tant à raconter, des souvenirs et des choses nouvelles, et nous ne pouvions nous arrêter. Vlasta aussi s'était mariée ; son fils et sa fille étaient un peu plus jeunes que nos enfants.

Au déjeuner, il y eut un vrai repas tchèque : du rôti d'oie, du chou rouge et des *knödel*. Je me souviens encore bien des assiettes dans lesquelles nous mangeâmes. Comme si c'était hier.

L'après-midi, les voisins revinrent. Chacun nous apporta un petit souvenir. Les Jahn nous comblèrent de gâteaux et de friandises, comme provisions de route. Peter ôta son pull-over et l'offrit à l'oncle Jahn. Celui-ci s'en réjouit, d'autant plus lorsqu'il apprit que c'est moi qui l'avais tricoté. Maintenant, le moment du départ ne pouvait plus être différé. C'est dans les baisers et les larmes que nous quittâmes Postrekov, le village et les êtres qui, pour la deuxième fois de ma vie, m'avaient accueillie si chaleureusement.

À la frontière, les douaniers examinèrent d'un air méfiant la montagne de gâteaux dans notre voiture. « Vous êtes la famille qui est allée à Postrekov », dirent-ils, et nous nous aperçûmes qu'ils étaient informés du moindre de nos gestes. Nous leur cédâmes une partie de nos gâteaux, et ils nous laissèrent passer.

C'était notre deuxième adieu à la Tchécoslovaquie. Silencieux, nous poursuivîmes notre voyage.

Voilà donc les souvenirs que j'ai racontés, au printemps 1979, à la classe de mon fils Amir, à l'occasion du jour de commémoration de la Shoah.

J'aimerais encore ajouter – en quelques mots seulement, car ce serait une autre histoire – comment les choses se déroulèrent pour Peter et moi après notre arrivée à Haïfa.

Nous passâmes notre première nuit en Israël chez un parent de Peter qui était arrivé quelque temps auparavant. Puis nous louâmes une petite chambre chez une famille à Kiriat Haim, et Peter trouva du travail sur un chantier naval dans le port de Haïfa.

D'après les critères actuels, nous ne possédions, les premières années, pour ainsi dire rien, mais nous n'étions pas non plus très exigeants. Nous n'aspirions ni à l'argent ni à l'opulence, pas plus qu'au succès ; nous étions tout simplement contents d'être en vie.

Quelques mois après notre arrivée en Israël, notre fille Daniela vint au monde. Tous les matins, lorsque Peter partait travailler, je m'occupais de notre modeste intérieur en me réjouissant du soleil, des orangers devant la maison, et de notre petite fille. Puis, l'après-midi, nous allions tous les trois nous promener et admirions les merveilleux paysages de notre nouveau pays.

Un jour, nous avons entendu parler des projets de peuplement et de mise en culture du désert du Néguev, au sud du pays. L'idée de compter parmi les premiers à s'installer là-bas nous fascinait. Nous fîmes le voyage pour voir la région et nous fûmes impressionnés. Un endroit nous avait particulièrement charmés : c'était Ashqelon, cité encore minuscule à l'époque, au bord de la Méditerranée. Dans les années cinquante, elle était entourée d'une belle nature sauvage ; aujourd'hui, c'est une station balnéaire en plein développement et une des plus belles cités-jardins d'Israël.

Pour irriguer artificiellement certaines parties du Néguev, on construisait alors de grands pipelines, et Peter trouva une place de conducteur de travaux à la Société nationale des eaux. Son employeur mit à notre disposition une maison préfabriquée toute simple, si bien que dans cette région encore inhospitalière nous avions tout de même un toit au-dessus de la tête. Les premiers mois, sans électricité, nous nous débrouillions avec des lampes à pétrole. Nous allions pomper l'eau dans un puits à proximité. Ce n'est qu'avec l'extension du réseau d'approvisionnement que les bienfaits de la civilisation arrivèrent aussi jusqu'à nous.

C'est à cette époque que notre fils Alon vint au monde. Avec deux enfants, j'avais à présent largement de quoi faire. Le salaire de Peter nous suffisait; je ne voyais donc pas de raison de laisser les enfants seuls pour retourner travailler.

En 1954, de nouveaux terrains furent mis à disposition à Ashqelon. On allait créer tout un nouveau quartier: Afridar. Nous décidâmes d'y construire notre propre maison. Mais pour cela, je dus reprendre mon métier d'infirmière, car les revenus de Peter nous permettaient juste d'acheter les matériaux de construction dont nous avions besoin.

Un an plus tard, en 1955, nous emménagions. Aujourd'hui, nous habitons toujours la même maison, dans le quartier d'Afridar.

J'ai travaillé comme infirmière pendant environ quinze ans, jusqu'à la naissance de notre fils Amir. Daniela et Alon ont maintenant leurs propres familles et vivent aussi à Ashqelon. Daniela est mariée avec un pilote de l'aviation israélienne, Alon dirige une entreprise de construction avec son père.

Ces trente dernières années, ce n'est pas seulement un beau jardin qui s'est développé autour de notre maison, mais aussi une grande famille, avec trois enfants et quatre petits enfants. Cela nous comble de joie, Peter et moi, survivants de la Shoah.

Eva Erben, mars 1981

Lexique

Auschwitz : En polonais *Oswiecim*, ville de Pologne au sud-est de Katowice. Auschwitz était le plus grand des camps nazis (42 km^2), qui servait à la fois de *camp de concentration*, *camp de travail* et *camp d'extermination*. Au moins un million d'hommes, femmes et enfants y ont été assassinés dans les chambres à gaz.

Les premiers *camps de concentration* (Dachau, Oranienburg) ont été créés quelques semaines seulement après l'arrivée d'Hitler au pouvoir en janvier 1933. Les individus jugés dangereux pour le régime nazi y étaient enfermés dans de terribles conditions de vie et soumis au travail forcé. Il y avait une douzaine de camps de concentration sur le territoire allemand.

Les six *camps d'extermination* (Auschwitz-Birkenau, Majdanek, Chelmno, Belzec, Sobibor, Treblinka) étaient tous situés en Pologne, et leur fonction était d'éliminer physiquement Juifs et Tziganes. Entre 1941 et 1944, l'extermination par le gaz fut pratiquée de manière « industrielle ».

Ben Gourion, David : Homme politique qui proclama l'établissement de l'État d'Israël, le 15 mai 1948, et en devint Premier ministre.

Chambre à gaz : Invention nazie destinée à tuer avec des gaz toxiques. Les chambres à gaz ressemblaient à des douches. Une fois les victimes enfermées, les tuyaux déversaient non pas de l'eau, mais du gaz. Les corps des victimes étaient ensuite brûlés dans les *fours crématoires*.

Gestapo : abréviation de l'allemand *Geheime Staatspolizei*, police secrète d'État, section la plus impitoyable de toutes les organisations nazies.

Ghetto : Le mot italien désigne, à l'origine, le quartier de résidence forcée des Juifs de Venise. Puis, par extension, *ghetto* signifie des parties de ville ceintes par des murs et fermées par des portes où les Juifs vivaient isolés des autres habitants.

Hanoukka : Fête juive qui dure huit jours et qui commémore la libération du temple de Jérusalem par Judah le Macchabée, en 163 av. J.-C. On l'appelle aussi « Fête des lumières », parce qu'on allume chaque soir une bougie sur un chandelier à huit branches, en souvenir du miracle de la dernière fiole d'huile pure, découverte dans le temple saccagé. La quantité d'huile n'aurait dû suffire que pour un seul jour, mais elle dura huit jours.

Lois antijuives : Dès avril 1933, Adolf Hitler impose en Allemagne des mesures discriminatoires envers les juifs (exclusion du service public). En septembre 1935 sont publiées les «lois de Nuremberg» pour «la protection du sang et de l'honneur allemands» qui définissent les Juifs comme non aryens, leur retirent la citoyenneté allemande, interdisent les mariages et les relations sexuelles entre Juifs et citoyens de «sang allemand». D'innombrables autres mesures visent à exclure progressivement les Juifs de toute vie civile normale: expropriations, confiscation de biens, port obligatoire de l'étoile jaune, etc. Toutes ces interdictions et mesures vexatoires furent également appliquées dans les pays occupés.

Mengele, Josef: Dans les camps de concentration, des médecins nazis pratiquaient des expériences médicales sur les détenus, les utilisant comme cobayes. À Auschwitz, elles étaient menées, entre autres, par le Dr Mengele. Ces expériences cruelles et le plus souvent ineptes sur le plan scientifique, contribuaient bien plus à l'élimination de populations juives et tziganes qu'à la recherche.

Nazi : abréviation de l'allemand *National-sozialist*, national-socialiste. Partisan du national-socialisme (ou nazisme). Définie par Hitler en 1925 dans *Mein Kampf* et reposant sur les notions de race et de contrôle racial, la doctrine nationale-socialiste fut la base de la dictature hitlérienne en Allemagne de 1933 à 1945.

Shoah : Le mot hébreu signifie *catastrophe*, *désastre*, *malheur*, et désigne l'assassinat par le régime nazi de cinq millions et demi de Juifs pendant la Seconde Guerre mondiale. On rencontre aussi les termes de *génocide* et d'*holocauste*. Mais ils s'avèrent impropres pour désigner ce « phénomène ».

S.S. : Sigle du mot allemand *Schutzstaffel*, échelon de protection. Formation de police militarisée, elle finit par compter 50 000 hommes, reconnaissables à leurs chemises noires. Ils étaient choisis pour leur apparence « aryenne » et leur dévotion à la cause nazie.

Theresienstadt : De 1941 à 1945, camp de concentration allemand dans le nord de la Bohême. Les premiers déportés, des Juifs de Prague, arrivèrent en novembre 1941. Dans les années qui suivirent, environ 200 000 Juifs y furent internés. Les nazis, et par la suite les déportés eux-mêmes, appelaient ce camp *ghetto*. On ne peut pas comparer Theresienstadt aux autres camps de concentration puisqu'il avait été conçu comme « camp modèle » afin d'abuser l'opinion publique étrangère.

Postface

par Mirjam Pressler

Rapporté au nombre des victimes, le nombre des Juifs qui ont survécu aux persécutions pendant le Troisième Reich est très faible. La plupart des survivants n'ont jamais raconté ni publié leurs souvenirs. Ce qu'ils avaient vécu était trop affreux pour se le remémorer une nouvelle fois. Eva Erben elle-même n'en a trouvé la force que plus de trente ans après. C'est devant des élèves qu'elle évoqua pour la première fois son enfance dans les camps allemands, et ceci est particulièrement significatif: en effet, un jour – et ce jour n'est plus très loin –, il n'y aura plus de témoins directs pour parler de cette époque et de leurs expériences personnelles. Pour cette raison, il est important qu'Eva Erben ait consigné ses souvenirs. À ce jour, on peut les lire en hébreu, en anglais, en tchèque, en allemand*. De tels documents sont nécessaires si nous voulons avoir une image du Troisième Reich et de la persécution des Juifs qui reflète la réalité. Une image qui ne soit pas faite seulement de dates et de chiffres dans les livres d'histoire, mais aussi de témoignages authentiques des victimes.

Ce qui me fascine dans le livre d'Eva Erben, est l'impression que j'eus, dès la première lecture, de feuilleter un album de photos, lentement et attentivement. Parce que l'histoire d'Eva se compose d'une multitude d'images-souvenirs. Personne ne se remémore son enfance comme un roman au déroulement linéaire, mais plutôt comme une mosaïque incomplète. La mémoire conserve les événements particulièrement heureux ou douloureux. Eva Erben a choisi certaines

* Et maintenant en français.

de ces « images » et les a réunies en un « album ». C'est là que réside, pour moi, l'un des points forts de son livre, même si le lecteur doit parfois lui-même compléter l'information sur le contexte historique. J'indique dans cette postface quelques faits qu'il me semble important de connaître.

En Bohême et en Moravie, provinces de la Tchécoslovaquie occidentale, dont Prague, la ville natale d'Eva, faisait également partie, vivaient, au milieu des années trente, environ 118 000 Juifs, soit un tiers de tous les Juifs tchèques. Ils jouissaient d'une pleine liberté civique et religieuse. Il y avait toujours eu un certain antisémitisme, mais pas de violence. Ceci changea avec l'invasion des troupes allemandes, le 15 mars 1939.

La Bohême et la Moravie furent rassemblées en un protectorat, dit autonome, mais en réalité complètement soumis au Reich allemand. Peu après le début de l'occupation, toutes les lois antijuives appliquées dans le Reich y entrèrent en vigueur. Ainsi commencèrent l'isolement des Juifs et l'expropriation de leurs biens. Toutes les nouvelles lois du Reich (par exemple l'introduction de l'étoile jaune, en septembre 1941) valaient automatiquement pour le protectorat. Quelque 26 000 Juifs émigrèrent avant le début de la guerre, si bien qu'il en restait environ 90 000.

Dès octobre 1939, les premiers Juifs tchèques furent déportés en Pologne. Là-bas, l'extermination du peuple juif prévue par les nazis avait déjà commencé : arrestations en masse, internement dans des ghettos et des camps de travail, exécutions sommaires. Le 31 juillet 1941, Reinhard Heydrich, chef de la Sécurité du Reich et protecteur de Bohême et Moravie, fut chargé de la « solution finale de la question juive ». Les camps de concentration qui existaient déjà furent alors agrandis. Ils devaient servir de « camps de transit » avant la déportation vers les camps d'extermination qui allaient être construits en Pologne. Un « camp de transit » devait aussi être installé dans le protectorat de Bohême et Moravie. Dans ce but, on envoya, en 1941, à Theresienstadt, ce qu'on appelait des « commandos de construction », de la main-d'œuvre juive qualifiée, des ouvriers, des ingénieurs, des administrateurs, qui devaient transformer l'ancienne ville de garnison en un ghetto.

Peu après, le 20 janvier 1942, se tint à Berlin la « conférence de Wannsee », au cours de laquelle fut fixé le programme de la « solution finale de la question juive » : déportation de tous les Juifs d'Europe vers l'Est ; décimation par travail forcé et nourriture insuffisante ; « traitement adéquat » du « reliquat ». C'est également lors de la « conférence de Wannsee » que l'on décida d'attribuer un statut spécial au camp de Theresienstadt, prévu à l'origine seulement comme « camp de transit ». La direction du Reich craignait en effet que la disparition de personnalités juives dans les camps d'extermination ne suscite des questions désagréables provenant de l'étranger. On avait donc besoin d'un camp dans lequel on pouvait montrer au monde entier, pendant un certain temps, des artistes et des scientifiques juifs. Pour utiliser un tel « camp modèle » à des fins de propagande, il fallait que les conditions de vie y fussent « meilleures » que dans les camps destinés à l'extermination massive. Et si l'on construisait un camp pour les personnalités juives, autant y envoyer aussi d'autres « privilégiés », tels que les vétérans juifs qui s'étaient battus pour l'Allemagne pendant la Première Guerre mondiale, ainsi que tous les Juifs du Reich de plus de soixante-cinq ans. Le choix tomba sur Theresienstadt.

Si la direction du camp et les détenus eux-mêmes qualifiaient Theresienstadt de « ghetto », il s'agissait bien, en fait, d'un camp de concentration. Les détenus n'y étaient pas de leur plein gré, ils étaient mal nourris et envoyés de force au travail ; il y avait de lourdes sanctions, des tortures et des exécutions. Pendant les trois ans et demi d'existence du camp, plus de 30 000 personnes y moururent.

Pourtant, les conditions de vie étaient bien

«meilleures» que dans d'autres camps. C'est pourquoi mettre d'autres camps de concentration allemands au même niveau que Theresienstadt serait une banalisation.

Le camp de Theresienstadt était dirigé par les SS, mais il y avait une «administration autonome» juive. Elle était placée sous les ordres des SS, mais disposait, en ce qui concerne la gestion interne, de compétences relativement larges. Elle était responsable de l'organisation du travail, de la répartition des nouveaux arrivants dans les bâtiments, de la santé, de l'assistance aux personnes âgées et de la vie culturelle. Une autre responsabilité importante était la «prise en charge de la jeunesse». Les détenus adultes s'efforçaient de rendre aux enfants et aux adolescents du camp le quotidien cruel aussi supportable que possible.

Une majorité d'enfants habitaient dans des foyers, où il était possible de les loger et de les nourrir mieux que les adultes. Ils vivaient ensemble, placés sous la garde d'un personnel très dévoué. Les adultes attachaient beaucoup d'importance à ce que les enfants aient de nombreuses occasions de jouer. Il fallait qu'ils puissent, au moins momentanément, oublier leur situation difficile, et que celle-ci nuise le moins possible à leur développement. La direction du camp tolérait le jeu, dans la mesure où il ne venait pas déranger la discipline ou le travail. Il y avait la gymnastique matinale, des moments de récréation et des compétitions sportives, des matchs de football, par exemple. Chaque foyer avait son équipe, son fanion, et ses couleurs.

Si le jeu était autorisé, tout ce qui pouvait contribuer à l'éducation était interdit. L'extermination du peuple juif étant pour les SS une affaire entendue, il leur paraissait absurde d'instruire les enfants « pour la vie ». Les détenus, en revanche, nourrissaient l'espoir, pour eux-mêmes et leurs enfants, de retrouver un jour la liberté. C'est pourquoi, malgré l'interdiction, ils trouvèrent les moyens d'organiser un enseignement de fortune, auquel ils donnèrent l'apparence du jeu. Les enfants faisaient le guet à tour de rôle afin d'avertir leurs camarades et leurs professeurs, lorsque des SS approchaient. Alors en un rien de temps, la salle de classe devait être transformée en une scène de jeu. Se faire prendre pouvait signifier pour les enfants des punitions sévères, pour les professeurs la déportation et la mort.

La plupart des enfants participaient avec enthousiasme aux jeux, aux compétitions et à la classe, parce que cela leur procurait un sentiment de relative normalité. Ainsi, les efforts des adultes et les dangers auxquels ils s'exposèrent ne furent-ils pas vains, même si presque aucun de ces enfants ne recouvra jamais la liberté. Pendant les trois ans et demi d'existence du camp, plus de 15 000 enfants y furent internés. Ils furent progressivement déportés vers Auschwitz et, là-bas, assassinés Une centaine seulement survécut.

Ce que les enfants trouvaient dans le jeu et la classe, les adultes le trouvaient dans l'art. La faim, le travail forcé, les mesures répressives et l'angoisse face au destin que leur réservaient les SS rongeaient leurs forces physiques et morales. Pour ne pas succomber au désespoir ou à l'abattement, les prisonniers avaient besoin de quelque chose qui leur redonnât chaque jour le courage de vivre. Or, parmi les détenus de Theresienstadt, se trouvait un nombre important d'artistes, qui aspiraient à reprendre leur activité créatrice d'autrefois. Mais dans les débuts, avant que des délégations étrangères ne viennent visiter le camp, les SS n'avaient encore aucun intérêt à favoriser les activités artistiques. Ainsi la possession d'instruments de musique, par exemple, était-elle interdite et passible de peine de mort. Les premiers concerts de musique de chambre eurent lieu en secret, on montait la garde devant les bâtiments, et il fallait renoncer aux applaudissements afin de ne pas attirer l'attention des SS.

C'est un détenu, le rabbin Erich Weiner, membre de l'« administration autonome » juive, qui, dans une large mesure, rendit possible, pour les prisonniers, la rencontre avec l'art. Grâce à son initiative, la direction du camp autorisa ce qu'elle appelait des «loisirs». Véritablement assoiffés d'art, les prisonniers mirent rapidement sur pied un programme culturel digne de celui d'une grande ville. Il comportait des récitals, des concerts, des lectures de poésie, du cabaret, des expositions, des représentations théâtrales, de la danse classique et de l'opéra. Chaque soir, après une journée de travail forcé de plus de dix heures, il y avait une quantité de manifestations culturelles, toutes réalisées avec les moyens les plus modestes, mais fréquentées par une grande partie des quelque 40 000 détenus du camp. Seule la rencontre avec l'art permettait aux prisonniers de retrouver, au moins pour quelques heures, un peu de dignité humaine. Qu'ils fussent interprètes ou spectateurs, ils trouvaient dans l'art non seulement divertissement et distraction, mais aussi une consolation, un réconfort et une possibilité de surmonter intellectuellement leur situation dégradante.

Quand la machine à tuer, à Auschwitz et ailleurs, tourna à plein régime, les SS commencèrent à utiliser le camp de Theresienstadt à des fins de propagande. On autorisa des délégations étrangères à venir voir le camp, pour se convaincre que dans le Reich et les pays occupés, les Juifs ne manquaient de rien, qu'ils pouvaient même s'adonner aux beaux-arts en toute liberté. Dans ce but, les SS ordonnèrent une vaste opération d'« embellissement de la ville » : on repeignit les façades, on installa des bacs à fleurs et des bancs, on aménagea un terrain de jeux et des promenades, on ouvrit des boutiques avec des marchandises en vitrine, et ainsi de suite. Mais toutes ces choses étaient soit interdites aux prisonniers, soit tout simplement des trompe-l'œil.

Annoncés longtemps à l'avance, les visiteurs étrangers étaient menés à travers les rues reluisantes de propreté, et gratifiés de quelques morceaux de musique ou de pièces de théâtre, représentations auxquelles assistait, en bonne et amicale entente, un public composé de Juifs et de SS. Trompés, les visiteurs tombaient dans le piège de la « belle vie au ghetto » et démentaient ensuite, en les qualifiant d'atrocités inventées, les rumeurs qui couraient sur l'inimaginable cruauté des traitements dans les camps de concentration allemands. Les SS profitèrent même de l'« embellissement » du camp pour réaliser un film de propagande au titre cynique : *Le Führer offre une ville aux Juifs*. À l'automne 1944, ce film passait dans tous les cinémas du Reich et montrait aux spectateurs les Juifs buvant gaiement leur café, dansant et faisant de la musique, « pendant que les soldats allemands, au front, se vidaient de leur sang ».

Le « camp modèle » de Theresienstadt avait dès lors rempli sa fonction. À l'automne 1944, tous les artistes furent inscrits sur les listes des convois de déportation vers Auschwitz. Les Allemands craignaient que les troupes soviétiques, qui avançaient, ne viennent perturber le fonctionnement des usines de la mort ; ils entendaient envoyer encore le plus de détenus possible dans les chambres à gaz. Les convois quittant le camp se succédaient et, dès la fin d'octobre 1944, Theresienstadt était « nettoyée des artistes ». À la libération du camp par les Russes, le 8 mai 1945, il y restait encore 17515 personnes. Plus de 150000 Juifs avaient été envoyés de Theresienstadt dans les camps d'extermination.

Toute l'ampleur de l'entreprise d'extermination des Juifs par l'Allemagne nazie ne fut connue qu'après la fin de la guerre. La comptabilité tenue par les criminels ainsi que les recensements effectués durant l'été 1945 révélèrent que sur les quelque dix millions de Juifs qui vivaient en Europe au début de la guerre, plus de six millions avaient été assassinés. Sur les 90000 Juifs de Bohême et de Moravie, seulement environ 10000 étaient encore en vie.

Les survivants avaient échappé de justesse à la mort, ils étaient brisés, physiquement et psychiquement. Presque tous avaient perdu des proches ; souvent il ne restait de grandes familles que quelques personnes, parfois même une seule. À la douleur et au deuil s'ajoutaient le trouble et le désarroi : « Pourquoi moi, pourquoi est-ce moi qui ai survécu ? Pourquoi les a-t-on tous exterminés, et m'a-t-on oublié, moi ? Que vais-je devenir maintenant ? »

La plupart des survivants furent d'abord emmenés dans des camps de « personnes déplacées », *displaced persons*. Là, ainsi que dans de nombreuses grandes villes européennes, des délégués d'organisations juives de Palestine constituèrent des groupes de jeunes gens, afin de redonner un ancrage aux enfants et aux adolescents survivants, de les aider à reconstruire leur personnalité et, selon les possibilités, de les préparer à aller vivre en Palestine.

La Palestine était alors un territoire sous mandat britannique et les Anglais, sous la pression des Arabes, ne laissaient entrer qu'un nombre restreint d'immigrés.

Malgré cela, de nombreux survivants émigrèrent en Palestine entre 1945 et 1948. Ils partaient sur de vieux bateaux trop chargés, débarquaient de nuit avec l'aide des autochtones et étaient répartis dans les quartiers juifs. Ceux qui furent pris par les Britanniques furent repoussés vers Chypre. Là, ils durent attendre la création de l'État d'Israël en 1948, pour pouvoir enfin entrer dans le pays.

Or ce qui les attendait en Israël ce fut d'abord et de nouveau la guerre et non une certaine normalité tant espérée. La plupart des immigrés étaient arrivés dans ce pays sans aucune ressource, et maintenant, ils devaient déployer toutes leurs forces pour se construire une existence dans cette nouvelle patrie qui leur était étrangère. Leur aspiration à une vie normale était si grande qu'ils mirent leurs souvenirs de côté et se consacrèrent à la construction du pays et de leurs propres familles. Dans ce jeune pays, le refoulement fut une nécessité vitale, personne ne voulait ou ne pouvait entendre parler de ce qui s'était passé «là-bas». «Ici» était plus important. C'est ce qui explique pourquoi des dizaines d'années après la Shoah, paraissent encore des récits autobiographiques venus d'Israël. Chacun d'eux est important, car seuls ces récits peuvent nous rappeler que derrière le chiffre effrayant des « six millions » il y a autant d'êtres humains.

Note biographique

Avec plus d'une trentaine de livres, traduits dans de nombreuses langues, dont une biographie d'Anne Frank, Mirjam Pressler compte actuellement parmi les auteurs les plus importants de littérature de jeunesse en langue allemande. Elle a obtenu de nombreux prix littéraires, non seulement en tant que romancière, mais aussi pour son intense activité de traductrice. Fine observatrice, elle est sensible aux expériences douloureuses d'enfants d'hier et d'aujourd'hui, mais aussi à leur vitalité et à leur capacité de bonheur.